10/11 ans

Du CM2 à la 6e

Passeport

N°1 des cahiers de vacances

Guy BLANDINO

Gérard BONNÉRAT

Éliane MASCLET

Anglais

Xavier KNOWLES

Direction pédagogique : Bernard Jenner

Conception des pages d'activités : Blandine Debriffe

hachette
ÉDUCATION

Passeport, c'est :

Des autocollants récompenses pour motiver, encourager et récompenser l'enfant. À coller ici lorsque la séquence est finie !

16 séquences pour réviser l'essentiel

Lecture

Un **texte** illustré et des exercices de **compréhension**

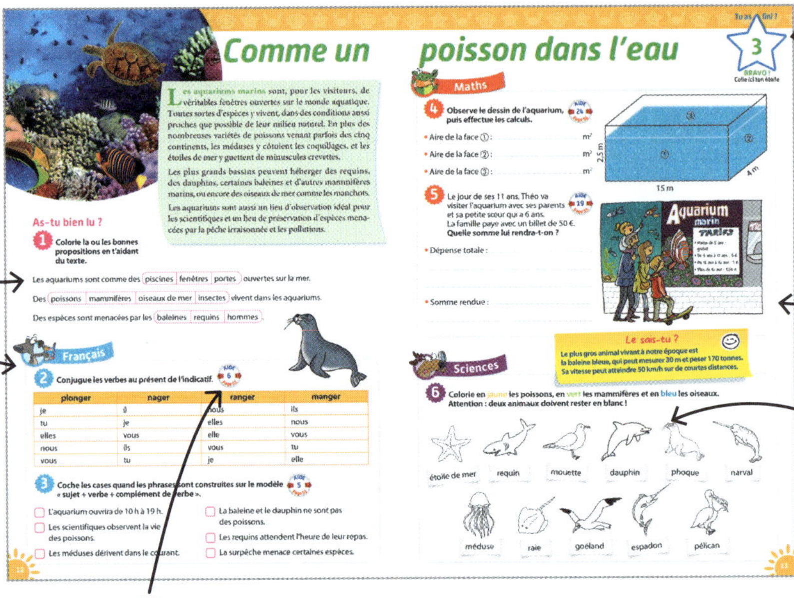

Mathématiques

Des exercices de **calcul,** de **géométrie** ou de **mesures**

Français

Des exercices d'**orthographe,** de **grammaire** ou de **conjugaison**

Histoire - EMC

Géographie

Sciences

Technologie

AIDE 1 Page 50

Pour un coup de pouce, l'enfant se reportera à l'**aide** indiquée (**rappel de cours** situé dans l'aide-mémoire)

Des jeux d'anglais et des activités récréatives

Des **jeux** ou des **bricolages** facilement réalisables, à faire seul(e) ou en famille

Des **jeux d'anglais** pour réviser tout en s'amusant !

PISTE 1

Tout l'anglais des jeux est à écouter sur notre site www.parascolaire.hachette-education.com

Des **activités ludiques** et **documentaires** pour s'amuser en vacances

Sommaire

Un aide-mémoire

AIDE 1 Page 50

Des **rappels de cours** numérotés, regroupés par matières.
Dans les séquences, les bouées numérotées renvoient à l'aide-mémoire.

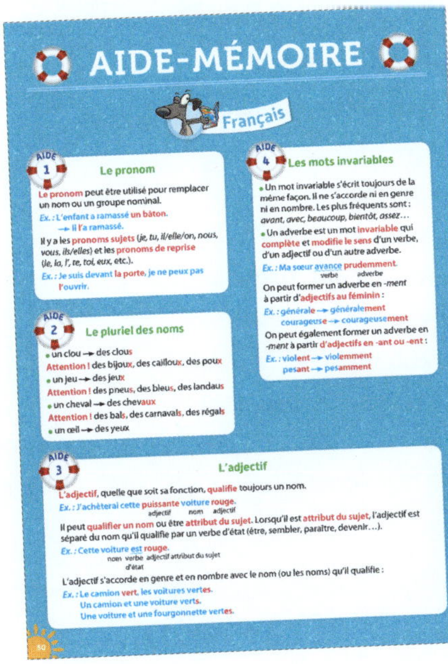
AIDE-MÉMOIRE

Français

AIDE 1 Le pronom

Le pronom peut être utilisé pour remplacer un nom ou un groupe nominal.
Ex. : L'enfant a ramassé un bâton. → Il l'a ramassé.
Il y a les pronoms sujets (je, tu, il/elle/on, nous, vous, ils/elles) et les pronoms de reprise (le, la, l', te, toi, eux, etc.).
Ex. : Je suis devant la porte, je ne peux pas l'ouvrir.

AIDE 2 Le pluriel des noms

- un clou → des clous
Attention ! des bijoux, des cailloux, des poux
- un jeu → des jeux
Attention ! des pneus, des bleus, des landaus
- un cheval → des chevaux
Attention ! des bals, des carnavals, des régals
- un œil → des yeux

AIDE 4 Les mots invariables

- Un mot invariable s'écrit toujours de la même façon. Il ne s'accorde ni en genre ni en nombre. Les plus fréquents sont : avant, avec, beaucoup, bientôt, assez…
- Un adverbe est un mot invariable qui complète et modifie le sens d'un verbe, d'un adjectif ou d'un autre adverbe.
Ex. : Ma sœur avance prudemment.
On peut former un adverbe en -ment à partir d'adjectifs au féminin :
Ex. : générale → généralement, courageuse → courageusement
On peut également former un adverbe en -ment à partir d'adjectifs en -ant ou -ent :
Ex. : violent → violemment, pesant → pesamment

AIDE 3 L'adjectif

L'adjectif, quelle que soit sa fonction, qualifie toujours un nom.
Ex. : J'achèterai cette puissante voiture rouge.
Il peut qualifier un nom ou être attribut du sujet. Lorsqu'il est attribut du sujet, l'adjectif est séparé du nom qu'il qualifie par un verbe d'état (être, sembler, paraître, devenir…).
Ex. : Cette voiture est rouge.
L'adjectif s'accorde en genre et en nombre avec le nom (ou les noms) qu'il qualifie :
Ex. : Le camion vert, les voitures vertes.
Un camion et une voiture verts.
Une voiture et une fourgonnette vertes.

EN PLUS !

Un livret détachable au centre du cahier

Le coin des parents
Des **conseils** pour bien utiliser le cahier Passeport (quand, comment et à quel rythme)

Les corrigés détaillés
Tous les **corrigés** des séquences et des activités, accompagnés de nombreux conseils pédagogiques

Sommaire détaillé des notions révisées

Français

Histoire - Géo EMC

Sciences et technologie

Maths

Nombres

Calcul

Géométrie

Mesures

Anglais

Jeux et activités

Activité manuelle

Cuisine

Jeux

Nature

Mer

Maquette intérieure et couverture : Mélissa Chalot
Illustration de couverture : Alain Boyer
Illustrations intérieures : Frédérique Vayssières (sauf mention contraire)
Conception des pages d'activités pp. 16-17 (sauf p. 16 et illustration de l'herbier p. 17), 28-29 (sauf p. 28 et illustration de la sangria p. 29), 42-43 (sauf illustration p. 43) : Blandine Debriffe

Domino : illustrations techniques pp. 7, 37, 39, 47
Ron Leishman : illustration du nom des matières (Shutterstock)
Marie-Noëlle Pichard : pp. 20, 25 (carte), 39 (illustration du potager), 49 (ex. 7)
Hachette Education : carte p. 9

Mise en pages : Médiamax
Édition : Jeanne Mauboussin

Crédits photographiques
© Shutterstock : pp. 6, 10, 11, 12, 20, 21, 27, 1 et 2 (corrigés), 30 (chien), 31 (écran de tablette), 32, 34, 35, 36, 38, 39, 40, 42, 45, 46, 48, 49

www.parascolaire.hachette-education.com
ISBN 978-2-01-714788-6

Départ à

Dans le grand hall de la gare Montparnasse, c'est l'agitation des grands jours ! C'est le début des vacances. La famille Bonaventure s'arrête devant le tableau d'affichage pour savoir vers quel quai se diriger. Pour les trois enfants tout excités, c'est enfin le jour du départ vers les côtes bretonnes où ils pourront s'initier aux plaisirs de la voile, de la pêche à pied et rencontrer de nouveaux amis.

Quai n° 6, voiture 12 ! Vite ! Papa vérifie le numéro des places et maman s'installe, soulagée. Ouf ! 10 h 03, les portes se ferment, le train commence à rouler. Dans trois heures, la famille sera à Brest. La flèche argentée du TGV s'élance à grande vitesse, ne laissant même pas le temps aux voyageurs de profiter du paysage.

1 As-tu bien lu ?

- Le TGV est un train rapide. Relève dans le texte les mots qui l'indiquent.
  s'élance à grande vitesse
- Comment les enfants se sentent-ils avant le départ du train ? ils sont tout excités
- La famille Bonaventure prend le train. Combien sont-ils ? ils sont 5.

Français

2 Dans les phrases suivantes, indique pour chaque mot souligné sa classe grammaticale (sa nature).

- Dans six ans, le TGV circulera aux États-Unis.

ans : ……… circulera : verbe États-Unis : Nom P

- Aujourd'hui, les trains rapides pulvérisent les records de vitesse.

aujourd'hui : Nom rapides : verbe les : déterminant

3 Trouve des mots dérivés de chaque mot simple de cette liste.

AIDE 12 Page 52

1. former 2. passer 3. chauffer 4. verser

	Préfixe + radical	Radical + suffixe	Préfixe + radical + suffixe
1	trans/former	form/ation - form/ateur	dé/form/ation - in/form/ateur Maman
2	dé/passer	passe/ment	dé/passe/ment
3	sur/chauffer	chauff/age	sur/chauff/age
4	ren/verser	vers/age	dé/vers/age

toute vitesse !

1
BRAVO !
Colle ici ton étoile

Maths

4 Tu empruntes le TGV-Est pour te rendre de Strasbourg à Paris où tu dois arriver vers 11 h 15.

AIDE 25 Page 56

- Quel TGV vas-tu prendre ? 9294
- À quelle heure vas-tu partir ? 9 h 14
- À quelle heure vas-tu arriver ? 11 h 14
- Calcule la durée du trajet : 20 h 28

STRASBOURG → PARIS					
N° du TGV	9280	9294	9302	9317	2424
Strasbourg	8 h 16	9 h 14	10 h 15	11 h 26	12 h 11
Paris	10 h 16	11 h 14	12 h 15	13 h 26	14 h 11

Sachant que la distance de Strasbourg à Paris est de 420 km, combien de km le TGV parcourt-il en 1 h ?

5 Calcule ces opérations.

143,7 + 258 + 0,34 = 401,41   418,27 – 69,306 = 72,521   738 × 409 = 309222

Technologie

Devinette
Que signifient les trois lettres du mot *TGV* ?
Réponse : Train à Grande Vitesse.

6 La transmission des mouvements

Les moteurs du TGV, grâce à l'énergie électrique, entraînent des engrenages qui font tourner les roues plus ou moins vite. Un engrenage est un ensemble de roues dentées dont les dents s'emboîtent les unes dans les autres.

La roue 1 tourne dans un sens et la roue 2, dans le sens contraire. La roue 3 tourne en sens contraire de la 2, donc dans le même sens que la roue 1.

Dans quel sens tournent les roues dentées des engrenages suivants ?

- La roue C tourne dans le même sens que la roue A.
- La roue D tourne dans le sens contraire de la roue C.
- Les roues B et D tourne dans le sens contraires au roues A et C.

Suivez

N’importe quel touriste visitera un jour ou l’autre un de ces édifices religieux qui nous viennent du Moyen Âge. Vous le rencontrerez, seul, déchiffrant son petit **guide** touristique, puis levant la tête vers les voûtes à s’en tordre le cou, ou avec ses semblables, bien sages, derrière un **guide** qui donne des explications : « Au-dessus de vous, m’sieurs dames, une voûte ogivale, haute de 24 m, **chef-d’œuvre** de l’art gothique. Par le jeu de la croisée d’ogives, son poids de plusieurs dizaines de tonnes se répartit sur quatre piliers aux chapiteaux ornés de sculptures représentant les travaux de la terre : à droite les **labours**, à gauche les **semailles**, au fond la **moisson** et le **battage** du blé.
Par ici, m’sieurs dames, la visite continue ! … »

1 As-tu bien lu ?

Complète les définitions des mots en rouge dans le texte.

Le nom **guide**, utilisé deux fois dans le texte, désigne d’abord un guide qua donne des esxplication,
puis un guide touristique. Un **chef-d’œuvre** est ....
....

Les **labours**, les **semailles**, la **moisson** et le **battage** désignent les actions de ....
la terre, de .... les graines, de .... et de .... le blé.

Français

2 Dans le texte suivant, souligne les cinq mots qui remplacent « les touristes ». Complète ensuite la dernière phrase.

AIDE 1 Page 50

Le guide appelle les touristes. Ceux-ci se regroupent, puis ils le suivent dans le bâtiment. Alors, s’adressant à eux d’une voix forte pour être sûr que tous l’entendent, il leur demande d’observer la voûte.

Les mots relevés dans le texte :

.................., ..., ...,
.... et .... sont appelés
des ....

3 Entoure les mots qui conviennent pour obtenir des phrases correctes.

AIDE 13 Page 52

(Se / Ce) matin-(la / là), les touristes (ont / on) visité (se / ce) château.

(Mais / Mes) amis (m’ont / mon) (conseiller / conseillé) de visiter (cette / sept) villes des environs.

2

BRAVO !
Colle ici ton étoile

le guide !

Maths

4 Sur la carte, la ligne rouge de 3 cm représente 600 km dans la réalité.
Complète le tableau et indique l'échelle de cette carte.

AIDE 25 Page 56

Longueurs sur la carte (en cm)	Longueurs réelles	
	en km	en cm
3 cm	600 km	60 000 000 cm
1 cm		
9 cm		
	180 km	

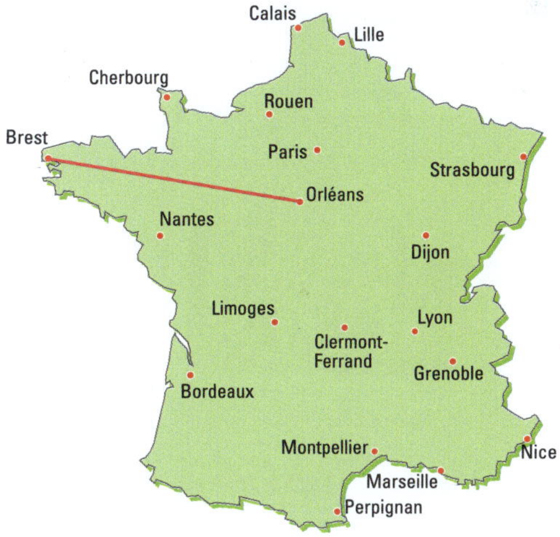

Échelle de la carte : ....

5 **Effectue cette division à 0,01 près.**

2 6 | 4 0

AIDE 18 Page 54

Charade

Mon premier est un oiseau noir et blanc.
Mon deuxième vit dans les égouts.
Mon troisième est la troisième note de la gamme.
Mon quatrième est la moitié de quatre.
Les touristes vont en Égypte pour visiter mon tout.

Réponse : pie – rat – mi – deux → pyramides.

Histoire

6 **Architecture romane ou gothique**

Colorie les étiquettes en jaune ou en bleu selon qu'elles correspondent au dessin A ou B.

A

une voûte romane	(XIIe-XVIe siècles)
une voûte gothique	(X^e-XIe siècles)

Les ogives croisées (1) dirigent le poids de la voûte vers les piliers (2). Les murs sont percés de larges fenêtres aux vitraux colorés. La clef de voûte (3) stabilise tout l'édifice.

La voûte renforcée d'arcs (1) est portée par des murs épais, doublés à l'intérieur par des piliers (2), à l'extérieur par des contreforts (3).

B

Let's go to
En route pour Londres !

1 Londres incontournable...

Écris le nom des emblèmes de la ville de Londres.

The London Eye *(parce qu'il est rond)* – The Tower of London – a double-decker bus – Buckingham Palace – Westminster and Big Ben *(qui donne l'heure)* – a bobby

....

....

....

....

....

....

2 Comment dit-on cela en anglais ?

Coche la bonne réponse.

In London, buses are called *(À Londres, les bus sont appelés)* :

☐ upstairs buses ☐ double-decker buses

In London, a bobby is *(À Londres, un bobby est)* :

☐ a policeman ☐ a dog

In London, Big Ben is *(À Londres, Big Ben est)* :

☐ a big man ☐ a clock

London!

PISTE 1
Écoute l'anglais
de ces jeux sur notre site
www.parascolaire.hachette-education.com

3 **Six symboles de Londres sont cachés, horizontalement et verticalement, dans la grille. Trouve-les.**

A	T	H	E	-	T	U	B	E	A	Z	R	Y
Z	R	A	A	P	H	A	A	Z	B	D	F	H
V	A	B	Z	I	E	Z	Z	A	-	C	A	B
E	F	A	E	T	-	E	E	R	D	E	T	U
R	A	Z	R	E	H	R	R	T	T	R	G	J
T	L	O	R	D	O	U	V	T	O	W	G	R
Y	G	A	A	I	R	A	A	H	W	R	R	T
A	A	Z	Z	L	S	Z	Z	E	E	T	T	Y
Z	R	E	E	R	E	E	E	-	R	Y	Y	A
E	-	R	R	Y	-	R	R	G	-	A	A	Z
R	S	T	T	A	G	T	T	H	B	Z	Z	E
T	Q	Y	Y	Z	U	Y	Y	E	R	E	E	R
Y	U	A	A	E	A	A	A	R	I	R	R	T
A	A	Z	Z	R	R	Z	Z	K	D	T	T	Y
Z	R	E	E	T	D	E	E	I	G	Y	Y	A
E	E	R	R	Y	S	R	R	N	E	A	A	Z

The Horse Guards

The Gherkin
(Le cornichon)

Trafalgar Square

A cab *(un taxi)*

Tower Bridge

The Tube

4 **Un petit déjeuner anglais, s'il vous plaît !**

Retrouve les aliments qui composent un petit déjeuner anglais traditionnel.

bacon – sausages – baked beans – fried or poached eggs –
grilled tomatoes – mushrooms – toast – a cup of tea

1 ....
2 ....
3 ....
4 ....
5 ....
6 ....
7 ....
8 ....

(fried or poached : au plat ou pochés / baked beans : haricots blancs à la sauce tomate / grilled : grillé / a cup : une tasse)

Comme un

Les aquariums marins sont, pour les visiteurs, de véritables fenêtres ouvertes sur le monde aquatique. Toutes sortes d'espèces y vivent, dans des conditions aussi proches que possible de leur milieu naturel. En plus des nombreuses variétés de poissons venant parfois des cinq continents, les méduses y côtoient les coquillages, et les étoiles de mer y guettent de minuscules crevettes.

Les plus grands bassins peuvent héberger des requins, des dauphins, certaines baleines et d'autres mammifères marins, ou encore des oiseaux de mer comme les manchots.

Les aquariums sont aussi un lieu d'observation idéal pour les scientifiques et un lieu de préservation d'espèces menacées par la pêche irraisonnée et les pollutions.

As-tu bien lu ?

1 Colorie la ou les bonnes propositions en t'aidant du texte.

Les aquariums sont comme des | piscines | fenêtres | portes | ouvertes sur la mer.

Des | poissons | mammifères | oiseaux de mer | insectes | vivent dans les aquariums.

Des espèces sont menacées par les | baleines | requins | hommes |.

Français

2 Conjugue les verbes au présent de l'indicatif. AIDE 6 Page 51

plonger	nager	ranger	manger
je	il	nous	ils
tu	je	elles	nous
elles	vous	elle	vous
nous	ils	vous	tu
vous	tu	je	elle

3 Coche les cases quand les phrases sont construites sur le modèle « sujet + verbe + complément d'objet ». AIDE 5 Page 51

- ☐ L'aquarium ouvrira de 10 h à 19 h.
- ☐ Les scientifiques observent la vie des poissons.
- ☐ Les méduses dérivent dans le courant.
- ☐ La baleine et le dauphin ne sont pas des poissons.
- ☐ Les requins attendent l'heure de leur repas.
- ☐ La surpêche menace certaines espèces.

poisson dans l'eau

Tu as fini ?
3
BRAVO !
Colle ici ton étoile

Maths

4 **Observe le dessin de l'aquarium, puis effectue les calculs.**

AIDE 24 Page 56

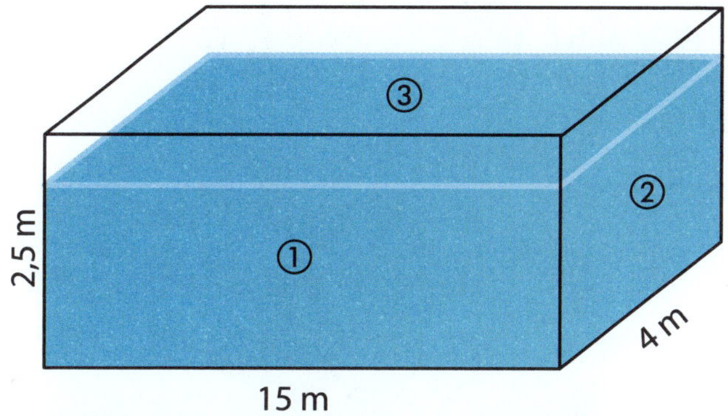

- Aire de la face ① : .... m²
- Aire de la face ② : .... m²
- Aire de la face ③ : .... m²

5 Le jour de ses 11 ans, Théo va visiter l'aquarium avec ses parents et sa petite sœur qui a 6 ans.
La famille paye avec un billet de 50 €.
Quelle somme lui rendra-t-on ?

AIDE 19 Page 55

- Dépense totale : ....

....

....

- Somme rendue : ....

....

Le sais-tu ?

Le plus gros animal vivant à notre époque est la baleine bleue, qui peut mesurer 30 m et peser 170 tonnes. Sa vitesse peut atteindre 50 km/h sur de courtes distances.

Sciences

6 **Colorie en jaune les poissons, en vert les mammifères et en bleu les oiseaux.**
Attention : deux animaux doivent rester en blanc !

étoile de mer

requin

mouette

dauphin

otarie

narval

méduse

raie

goéland

espadon

pélican

Montée

Après de nombreux entraînements sur des murs d'escalade, Camille et Sacha partent à l'assaut d'une paroi rocheuse. Ils enfilent baudriers, casques et chaussures, puis les ajustent avec soin. Ils s'attachent l'un à l'autre en passant la corde dans le descendeur et dans les mousquetons.

Camille commence sa montée et cherche des yeux des anfractuosités où placer ses pointes de pieds et une main ; de l'autre main, elle tâte la paroi pour trouver la meilleure prise. Au sol, les jambes bien appuyées, Sacha ne la quitte pas des yeux, prêt à la retenir en actionnant le descendeur si elle glissait. De lui dépend la sécurité de Camille.

– Ouf ! Je suis en haut. À toi de grimper.

Camille et Sacha se font entièrement confiance : ils savent que leur vie dépend de l'autre. Arrivés en haut du rocher, ils admirent le paysage, puis se préparent pour la descente. La descente en rappel est plus rapide mais ils restent cependant très prudents.

1 As-tu bien lu ?

- Souligne les expressions qui permettent de dire que les grimpeurs sont un garçon et une fille.
- Cite le matériel nécessaire à l'escalade : ....

....

....

- Quel mot signifie « creux » ? ....
- Comment s'appelle la manœuvre pour descendre ? ....

Français

2 Remets en ordre les lettres pour trouver trois mots de la même famille.

- primger : .... • pimgrette : .... • pruigmer : ....

3 Entoure les mots qui possèdent les fonctions grammaticales demandées.

AIDE 5 Page 51

- Sujet du verbe : Dans les Alpes, l'hiver, des alpinistes de l'extrême grimpent sur des cascades gelées.
- COD : Avant de partir, le guide vérifie très sérieusement la qualité du matériel.
- Complément du nom : Les médecins conseillent la pratique d'une activité sportive.
- Verbe : Les débutants chercheront des prises facilement accessibles.

Précise le temps et le mode du verbe : ....

sportive

4
BRAVO !
Colle ici ton étoile

Maths

4 Valérian, Érin et Kévin se sont donné rendez-vous à 9 h au pied de la Rocheclaire. Valérian et Érin ont pris le tramway de 8 h 05 et sont arrivés à 8 h 55. Kévin arrive à 9 h 05.
« On t'attend depuis un quart d'heure !
– Faux ! Vous m'attendez depuis .... »

AIDE 17 Page 54

Écris le calcul que Kévin a fait :

....

....

....

5 **Complète le dessin symétriquement par rapport à (d).**

AIDE 26 Page 56

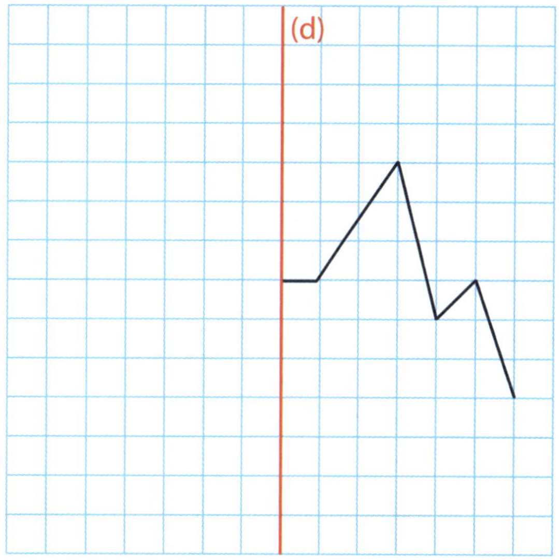

6 **Classe les fractions par rapport à 1 en utilisant les signes <, = ou >.**

AIDE 15 Page 53

- $\frac{3}{4}$ 1
- $\frac{1}{4}$ 1
- $\frac{7}{4}$ 1
- $\frac{2}{4}$ 1
- $\frac{4}{4}$ 1

Sciences

Le sais-tu ?
On doit à Antoine Lavoisier, fondateur de la chimie moderne, la célèbre phrase : « Rien ne se crée, rien ne se perd, tout se transforme. » Il a utilisé cette expression lors de ses expériences sur la composition de l'eau.

7 Les changements d'états de l'eau

Indique l'état de l'eau sous chaque dessin : liquide, solide ou gazeux.

A solide

B ....

C ....

D ....

E ....

F ....

G ....

Jeux et activités

Les merveilles

LE JEU DES SENTEURS

1. **Rassemble différentes « senteurs » : fruits, fleurs, herbes, épices…**

2. **Chaque joueur se fait bander les yeux. Un « arbitre » fait sentir à chaque joueur 3 ou 4 « senteurs » qu'il doit reconnaître grâce à leur odeur.**

3. **Le gagnant est le joueur qui a reconnu le plus de « senteurs ».**

Cueille des fleurs (pétales), des feuilles, des herbes fraîches. Tu peux prendre aussi dans la cuisine des fruits, des herbes aromatiques, des épices, des graines…

Idées de senteurs

Les fleurs : lavande, violette, jasmin, rose, marguerite, œillet…

Les « aromates » : menthe, sauge, origan, thym, estragon, laurier, romarin, cumin, anis, clou de girofle, cannelle, noix de muscade, poivre…

Les fruits : rondelles de citron et d'orange, peaux de pomme, de pêche, de banane, de pamplemousse…

INFO

Qu'est-ce qu'un herbier ?

Un herbier est une collection de plantes séchées et pressées entre des feuilles de papier. De nombreux herbiers existent dans le monde et constituent un matériel indispensable à la classification des espèces botaniques (tous les végétaux) et à leur étude.

IL TE FAUT

- Des feuilles tombées des arbres
- De vieux journaux
- Un gros livre
- 1 cahier
- De la colle
- 1 crayon

Bricolage

Réalise ton herbier

1. Au cours d'une promenade, ramasse les feuilles qui sont tombées des arbres et qui te plaisent. N'hésite pas à en rapporter une dizaine à la maison.
2. Lorsque tu es de retour, place chaque feuille entre deux morceaux de papier journal. Puis utilise un gros livre que tu poses sur tes feuilles pour qu'elles soient bien pressées.
3. Le lendemain, change les feuilles de papier journal et recommence.
4. Au bout de quatre jours environ, tes feuilles sont sèches. Tu peux les coller dans ton cahier et chercher le nom de chaque espèce pour l'écrire sur la page.

Le jeu de la forêt

Redonne à chaque arbre son fruit.

1 châtaignier — 2 érable — 3 pin — 4 marronnier

A — B — C — D

Solution du jeu page 8 des corrigés.

ASTUCE !

Mini-serre de récup'

1. Récupère des barquettes transparentes avec leur couvercle (tomates-cerises, framboises…) pour faire une serre.
2. Remplis la barquette de terre.
3. Plante une graine, arrose de temps en temps et patiente. Au début, entre les arrosages, ferme le couvercle.

Pêche

Au lever du jour, les hommes remontent sur le pont, tandis que Gérard, un œil sur sa carte, l'autre sur le récepteur « Toran », qui lui indique sa position, dirige son bateau vers l'endroit précis qu'il a choisi. Le chalut est maintenant paré et les hommes n'attendent plus que l'ordre de Gérard. Quand il est donné, le treuil est mis en marche, les panneaux sont libérés et le chalut coule. Un second signal marque l'arrêt du déroulement des funes* ; le filet en poche commence à racler le fond. Les hommes retournent se reposer. Il fait jour et beau, en cette fin d'été…

La côte a disparu. Autour de nous, les chalutiers en pêche sont nombreux. Le vent s'est levé, la mer, reflétant un ciel d'azur, se fait plus forte, le bateau roule et tangue. Trois heures après la mise à l'eau, le chalut est relevé. Le contenu du premier trait se déverse sur le pont : des langoustines essentiellement, mais aussi des merluchons**, des calmars** et des lottes**, ainsi que diverses espèces sans intérêt et… quelques bouteilles de bière vides.

Gildas Borel, « La petite pêche à Groix », *Chasse Marée*, n° 54.

** La fune est un cordage en acier servant à remorquer un chalut.*
*** Le merluchon est un poisson voisin de la morue, le calmar est un mollusque et la lotte est un poisson très savoureux.*

As-tu bien lu ?

1 **Parmi ces titres, coche celui qui convient le mieux.**

L'île de Groix ☐
Sortie en mer ☐
La pêche au chalut ☐

2 **Trouve dans le texte l'expression qui t'indique ce qu'est un chalut.**

…………………………………………………………

…………………………………………………………

Français

3 **Relie les éléments entre eux.**

Ex. : Il roule ses adversaires. • ——— • Il les trompe.
Le bateau roule. • • Il voyage beaucoup.
Le ballon roule sur le sol. • • Il avance en tournant sur lui-même.
Il roule sa bosse. *(familier)* • • Il s'incline alternativement d'un bord et de l'autre.

4 **À partir des exemples, complète le tableau.** AIDE 10 Page 52

sujet	présent	imparfait	futur	passé composé	infinitif
Les hommes	partent				
Il	fait				
Nous				sommes venu(e)s	
Tu	pâlis				

5

BRAVO !
Colle ici ton étoile

en mer

Maths

5 **Effectue les opérations suivantes :**

AIDE 19 Page 55

$94{,}8 \times 76 =$ ……………

$835 : 26 =$ …………… (quotient au centième)

$734 - 28{,}672 =$ ……………

$(300 \times 2) : 4 =$ ……………

6 Je vais chez le poissonnier.
J'y achète 250 g de langoustines à 16 € le kg,
1 merluchon de 500 g à 7 € le kg
et 500 g de lotte à 24 € le kg.
J'ai un billet de 20 €.

AIDE 18 Page 54

Ai-je assez d'argent ?

……………

……………

……………

Charade

Mon premier précède le ré.
Mon second est un plan d'eau où les navires sont à l'abri.
Mon tout est un poisson doré que l'on pêche en Méditerranée.

Réponse : do – rade dorade.

Sciences

7 **La vie dans la mer : qui mange qui ?**

Observe attentivement le dessin et réponds aux questions.

- Que mangent les maquereaux ? ……………
- Par qui sont-ils mangés ? ……………
- Que mange le requin blanc ? ……………

Le loup

Le loup est un carnivore de la famille des canidés. Il mesure entre 1 m et 1,50 m sans la queue (de 30 à 50 cm) et peut peser jusqu'à 70 kg. Il vit de 8 à 16 ans et peut se reproduire dès l'âge de 2 ou 3 ans. Après une gestation qui dure 63 jours, la louve donne naissance à une portée de 3 à 8 louveteaux d'un peu moins de 500 g, qui resteront aveugles pendant environ 2 semaines. Ils sont allaités par leur mère pendant 8 semaines.

Chassés depuis toujours, les loups avaient disparu de France jusqu'en 1992. Leur population compterait aujourd'hui de 100 à 120 individus, principalement dans les Alpes où les bergers craignent leurs attaques sur les troupeaux.

1 As-tu bien lu ?

Colorie la bonne case.

- Les petits passent 9 semaines dans le ventre de leur mère. OUI NON
- Il n'y a plus de loups en France depuis 1992. OUI NON
- Les loups naissent aveugles. OUI NON
- Les loups boivent du lait. OUI NON
- Le loup est craint. OUI NON
- Les loups vivent plus de 20 ans. OUI NON

Devinette

Selon la légende, comment s'appellent les jumeaux fondateurs de Rome qui ont été recueillis et allaités dans leur enfance par une louve ?

Réponse : Remus et Romulus.

Français

2 Pose les questions dont les réponses sont soulignées.

AIDE 5 Page 51

Ex. : Il s'est jeté sur l'agneau <u>avec une grande férocité</u>. → Comment s'est-il jeté sur l'agneau ?

- Les filles ont trouvé refuge <u>derrière un gros arbre</u>. ....
- Le loup ne l'a pas dévorée <u>parce qu'elle s'est enfuie</u>. ....

....

3 Complète les phrases en ajoutant aux mots en rouge un préfixe, un suffixe ou les deux.

AIDE 12 Page 52

- **lait** → L' .... des louveteaux dure 8 semaines.
- **forêt** → Le développement des massifs .... favorise le retour des loups.
- **berger** → Les agneaux sont en sécurité dans la ....

à la loupe

Maths

4 Trace le symétrique du dessin : place, puis joins les points B_1, C_1, D_1, E_1 et F_1 sur des perpendiculaires vertes à l'axe rouge.

AIDE 26 Page 56

Comment sont les droites vertes entre elles ?

....

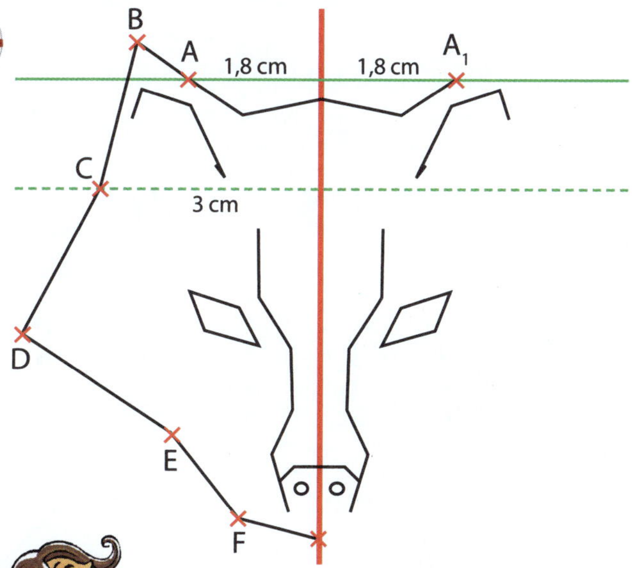

5 Complète le tableau selon le modèle.

AIDE 15 Page 53

Nombre	$\frac{1}{4}$	$\frac{1}{2}$	$\frac{3}{4}$
20	5	10	15
100			
50			
		30	

Sciences

6 Pour chaque animal, écris V s'il est vertébré ou I s'il est invertébré.
Les animaux vertébrés ont un squelette interne avec une colonne vertébrale.
Les invertébrés ont un squelette externe, ou exosquelette, c'est-à-dire une enveloppe dure autour du corps.

Welcome to

Bienvenue aux super-héros !

1 Une rencontre avec un super-héros

Complète le dialogue avec les mots suivants :

years – very much – Goodbye – sorry – meet – morning.

EMMA : "Oh Superman!"

SUPERMAN : "Good .... young girl. I found your cat."

EMMA : "Thank you ....My name is Emma."

SUPERMAN : "Nice to .... you Emma."

EMMA : "I am ten .... old today."

SUPERMAN : "Happy birthday Emma! I am .... I can't stay. I have to see another little girl."

EMMA : "..................... Superman!"

2 Une histoire de vêtements

Coche la bonne réponse.

- Batman is wearing:
  - ☐ a red cape
  - ☐ a mask

- Hulk is wearing:
  - ☐ a pair of trousers
  - ☐ shorts

- Wonder Woman is wearing:
  - ☐ red boots
  - ☐ a skirt

- Catwoman is wearing:
  - ☐ a mask
  - ☐ a cape

Superheroes!

PISTE 1
Écoute l'anglais
de ces jeux sur notre site
www.parascolaire.hachette-education.com

3 Les super-héroïnes à l'apparence animale

Associe à chaque super-héroïne le nom de l'animal auquel elle ressemble.

Squirrel *(écureuil)* – Spider *(araignée)* – Hawk *(faucon)* – Owl *(chouette)* – Wasp *(guêpe)*

.... girl

.... girl

.... woman

The ....

.... girl

4 Quels super-pouvoirs voudrais-tu avoir ?

Retrouve les six pouvoirs qui se cachent horizontalement et verticalement dans la grille.

- Strength *(la force)*
- Flight *(vol)*
- Invisibility *(l'invisibilité)*
- Super-hearing *(la super-ouïe)*
- Speed *(la vitesse)*
- Elasticity *(l'élasticité)*

M	I	S	S	J	M	A	R	V	E	F	A	E
A	N	R	A	Y	T	R	A	A	I	L	Z	R
E	V	E	K	T	R	A	Z	Z	N	I	E	T
Z	I	T	Z	A	Y	T	E	E	V	G	R	T
S	S	P	E	E	D	T	U	W	I	H	C	H
R	I	Y	E	Z	A	Y	R	R	I	T	Y	R
T	B	A	E	L	A	S	T	I	C	I	T	Y
F	I	T	H	T	E	Z	H	Y	L	Y	Z	G
Y	L	Z	Y	T	R	E	O	A	E	L	E	I
N	I	C	T	U	S	T	R	E	N	G	T	H
A	T	E	A	Y	T	R	N	E	W	C	T	L
Z	Y	R	Z	A	Y	T	I	R	O	K	Y	Y
L	M	T	E	D	S	O	I	A	V	U	N	J
S	U	P	E	R	-	H	E	A	R	I	N	G

Passage

Aujourd'hui, avec mon copain Julien, nous avons rendez-vous avec le TOUR !
Dans un vacarme de klaxons et de haut-parleurs, la caravane publicitaire arrive, distribuant quelques rares cadeaux. Julien me montre fièrement son trophée : une casquette jaune ! Puis le calme revient peu à peu. Soudain les premiers motards de la gendarmerie passent ; les coureurs ne sont pas loin. Les spectateurs s'agitent. Les voilà ! Un éclair multicolore et… les cinq échappés viennent de passer.
« On n'a même pas eu le temps de les reconnaître », me crie Julien.
Cinq bonnes minutes plus tard, une nouvelle vague de motards et voilà le peloton qui défile, bien décidé à rattraper son retard… C'est fini.

Dès demain, avec Julien, nous reprendrons nos vélos et nous aussi nous foncerons sur les petites routes qui escaladent nos collines bien plus hautes que les grands cols du Tour de France !

1 As-tu bien lu ?

- Relève une expression montrant la rapidité des coureurs.

....

....

- Qui fait le plus de bruit lors du passage du Tour ?

....

- À quoi vont jouer les enfants de retour chez eux ?

....

Français

2 Colorie le déterminant qui convient.

Le champion se décide à porter (son | une | l') attaque. (Ses | Les | Des) rivaux lâchent prise. Seul l'un d'entre eux s'accroche à (la | sa | cette) roue. (Son | Le | Un) dernier coup de pédales un peu plus appuyé et (un | le | ce) dernier adversaire s'effondre. Levant (les | ces | des) bras, le coureur franchit la ligne.

3 Complète chaque phrase en gardant le verbe au même temps mais en l'accordant avec le nouveau sujet.

AIDE 7 Page 51

Nous devancions tous les concurrents.

- Ce coureur .... tous les concurrents.
- Ces coureurs .... tous les concurrents.

Tu as fini ?

7

BRAVO !
Colle ici ton étoile

éclair

Maths

4 Pour fabriquer une banderole, j'ai acheté du tissu à 9 € le mètre. J'ai payé 36 €.

AIDE 18 Page 54

- **Combien de mètres de tissu ai-je achetés ?**

....

- **Quel sera le prix pour 5 mètres de tissu ?**

....

5 Par quel chiffre vas-tu compléter chaque nombre pour qu'il soit divisible par 2 ?
Continue pour arriver à 1 460.

1 450 ; 1 45...... ; 1 45...... ; .... ;
.... ; 1 460.

Par quel chiffre vas-tu compléter chaque nombre pour qu'il soit divisible à la fois par 2 et par 5 ?

7 62...... ; 1 89...... ; 112 64...... ; 6 48...... .

Devinette

Lors d'une course de vélo, tu doubles le deuxième. À quelle place te retrouves-tu ?

Réponse : À la deuxième place ! Si tu doubles la personne devant toi, tu prends sa place.

Géographie

6 Le Tour dans la ville

En t'aidant de la carte et des définitions, remplis la grille des noms de villes où le Tour de France a été accueilli.

1. Ville fière de ses vins et de son port sur la Garonne.
2. Ville et port de Bretagne, à la pointe du Finistère.
3. Jeanne d'Arc y a vécu ses derniers instants.
4. Ville du Roussillon, fière de ses vins et de ses arbres fruitiers.
5. Ville des Pyrénées-Atlantiques qui vit naître Henri IV.
6. Gustave Eiffel y a édifié une tour célèbre.
7. Son carnaval est célèbre.

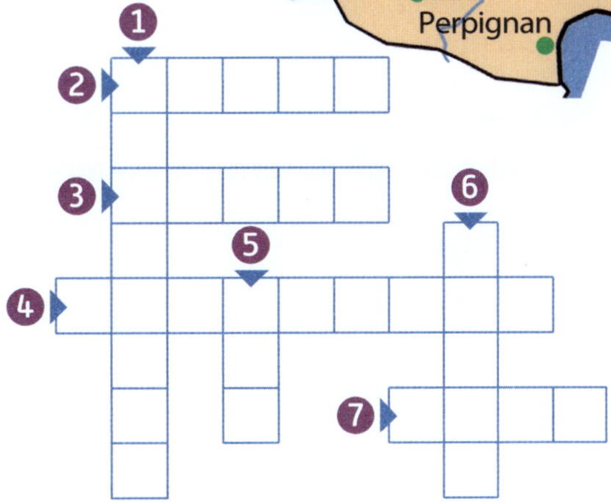

Connectés

Depuis 2015, plus de 92 % des Français possèdent un téléphone portable. Grâce aux progrès technologiques, le portable est devenu beaucoup plus qu'un téléphone. Il permet de prendre des photos, de faire des vidéos, de surfer sur Internet, de jouer, de consulter les réseaux sociaux, d'envoyer des messages écrits et, ne l'oublions pas, de téléphoner !

Certains d'entre nous sont accrochés à leur smartphone comme des coquillages à leur rocher. Des parents s'inquiètent : *que fait leur enfant de son mobile ? Est-il prudent quand il téléphone dans la rue ? Donne-t-il son numéro à n'importe qui ? Le temps passé sur son écran menace-t-il sa santé ?* Mais ils pensent aussi que ce petit appareil portatif est un plus pour la sécurité de l'enfant qui peut désormais les joindre ou être joignable à tout instant. Ils sont, comme lui, entrés dans la « génération connectée ».

1 As-tu bien lu ?

• Cite deux choses que l'on peut faire avec un téléphone portable.

....

....

• Comment appelle-t-on la nouvelle génération présentée dans ce texte ?

....

Charade

Mon premier est un métal précieux.
Mon deuxième est un synonyme de « parle ».
Mon troisième est une tresse.
Mon quatrième est ce qu'indique la montre.
Mon tout est une machine intelligente.

Réponse : or – dit – natte – heure ordinateur.

Français

2 Cherche dans les deux premières phrases du texte :

AIDE 5 Page 51

• deux compléments circonstanciels : ....

• un complément d'objet direct : ....

• un attribut du sujet : ....

3 Conjugue le verbe souligné de cette phrase aux temps demandés.

AIDE 9 Page 52

Le robot obéit à son inventeur.

• Présent : Elles ....

• Imparfait : Tu ....

• Futur : Ils ....

• Futur : J' ....

• Passé simple : Elle ....

• Passé composé : Vous ....

partout !

Maths

4 Ce GPS indique la distance (en km et en *miles*) du voyage qui dure 1 heure. **Complète le tableau. Calcule ensuite la valeur de 1 *mile* en km.**

AIDE 18 Page 54

	1 heure	1 heure et 30 min	10 min
Kilomètres			
Miles			

1 *mile* anglais = ... km

5 **Décompose les calculs selon le modèle.**

Ex. : 48 × 5 = ? → 48 × 10 = 480 ; 480 : 2 = 240

54 × 5 → ....

240 × 5 → ....

65 × 5 → ....

• **Déduis-en une méthode pour calculer rapidement :**

410 : 5 → ....

560 : 5 → ....

1 200 : 5 → ....

Technologie

6 **Complète le tableau.**

Pour…	J'utilise les numéros…
… naviguer sur Internet.	
… conserver des textes, des images, des musiques.	
… créer des images.	
… communiquer avec mes amis.	
… reproduire des images existantes.	

Apéro

CHACUN SON VERRE

Lis ce que disent ces enfants. Colorie les verres de la couleur du sirop qu'ils vont boire : violet pour le cassis, rouge pour la fraise, jaune pour le citron et vert pour la menthe.

Solution du jeu page 8 des corrigés.

LE COIN DES PARENTS

ET TOUS LES CORRIGÉS

À quoi sert un cahier Passeport ?

Le cahier **Passeport** est à la fois un outil de révision et de découverte. **Un outil de révision** grâce aux 16 séquences, au cours desquelles votre enfant aborde systématiquement des activités progressives de français et de maths, mais aussi, en alternance, des activités d'histoire, de géographie, de sciences, d'enseignement moral et civique et d'anglais. **Un outil de découverte**, à travers les thèmes abordés, les doubles pages d'activités et les jeux d'anglais. Passeport, c'est aussi **un cahier central de conseils pratiques et de corrigés** pour les parents et **un aide-mémoire** en fin d'ouvrage, qui permet, grâce **aux bouées** placées à côté des exercices, de trouver la règle et l'exemple qui pourront aider l'enfant. Aéré, illustré, sérieux et ludique, le cahier Passeport est l'outil indispensable de tous les enfants, permettant d'assurer le lien entre l'année écoulée et la rentrée prochaine.

L'ÉDITO DES AUTEURS

Le temps des vacances, véritable pause dans la vie quotidienne de votre enfant, est un moment privilégié pour se retrouver. Partagez avec lui des découvertes, des lectures « plaisir ». Faites-lui oublier les soucis de l'année, les difficultés qu'il a pu connaître et optimisez l'avenir. Mais le temps des vacances est long et source de déperdition des savoirs, même pour de bons élèves. Dans cette optique, Passeport est un excellent « coup de pouce » pour consolider des notions étudiées tout au long de l'année.

Qu'attend-on d'un futur élève de 6e ?

La classe de 6e exigera de votre enfant connaissances et savoir-faire, mais aussi autonomie et méthodes de travail : analyser seul une consigne ou un document, utiliser sa mémoire ou les ressources à disposition (dictionnaire, manuels, aide-mémoire...). Il devra planifier son travail : exercez-le à travailler dans un temps limité ou sous forme de « contrat » proposant tel travail à faire pour tel jour. Tout cela n'exclut pas, bien entendu, qu'il puisse aussi à tout moment compter sur votre aide.

VOTRE ENFANT DOIT APPRENDRE À ÊTRE L'ACTEUR DE SON PROPRE TRAVAIL.

COMMENT UTILISER SON CAHIER EFFICACEMENT ?

Les 16 séquences et les 3 doubles pages d'anglais suivent le programme de CM2, mais si votre enfant préfère commencer par la fin ou par un thème en particulier, laissez-le faire ! De même, dans la double page, il peut démarrer par l'activité qui lui semble la plus facile. Commencer une page par ce qu'il sait le mieux rendra votre enfant satisfait de sa performance et lui permettra d'oser se lancer sur ce qu'il maîtrise moins. Vérifiez son travail en valorisant ses efforts, même si vous remarquez des erreurs : vous pourrez revenir aux exercices qui « n'ont pas marché » à un autre moment.

À quel rythme utiliser son cahier ?

Le cahier de vacances ne doit jamais être une corvée. Votre enfant y travaillera à son rythme et aussi en fonction de l'organisation familiale. Néanmoins, il est conseillé d'acheter ce cahier au début des vacances et de le faire tranquillement, à raison de 2 à 3 séquences par semaine, d'une trentaine de minutes chacune. Vous pouvez décider avec lui d'un moment privilégié dans la journée, en alternance avec des activités de plein air. Mais surtout n'en faites jamais une contrainte…

QUE PROPOSENT LES CONSEILS DANS LES CORRIGES ?

Les conseils qui accompagnent les corrigés ont pour but de vous donner des indices, des pistes qui permettront à votre enfant de terminer ses exercices. Ils proposent également des explications sur les mots qui pourraient s'avérer difficiles.

AIDE 1 Page 50

AIDEZ-VOUS DES RAPPELS DE COURS DE L'AIDE-MÉMOIRE

À QUOI SERVENT LES PAGES D'ACTIVITÉS ?

Ces pages sont des respirations ludiques et actives, destinées à rassembler toute la famille autour d'un jeu, d'une recette ou d'une activité de bricolage. Elles peuvent aussi amener un enfant en difficulté à adopter son cahier de vacances et à se plonger avec davantage de plaisir dans les exercices de français et de maths !

Que faire face à un refus de travailler ?

Si votre enfant refuse d'ouvrir son cahier, essayez de l'y amener par le biais des pages d'activités. Celles-ci, tournées vers le jeu, peuvent l'encourager à découvrir ensuite les pages plus scolaires. Faites un jeu de chaque exercice : demandez-lui, par exemple, de vous expliquer la consigne. S'il éprouve des difficultés, montrez-lui comment faire en vous aidant d'un exemple. Vous pouvez aussi vous aider des quelques conseils donnés dans les corrigés et des rappels de cours de l'aide-mémoire. Enfin, pour ne pas décourager votre enfant, préférez de toutes petites séquences (le temps d'un exercice, par exemple) mais davantage réparties dans la semaine.

Tous ces conseils sont indicatifs : surtout ne culpabilisez pas si vous remarquez des erreurs dans les réponses de votre enfant. Et si vous voyez qu'il n'est pas « mûr » pour une matière, n'insistez pas. Le programme du CM2 est assez lourd et sera revu, de toute façon, en 6e. Par-dessus tout, nous vous souhaitons une agréable lecture et de bonnes vacances !

CORRIGÉS

1. Départ à toute vitesse !... p. 6

❶ • Il faut relever : *la flèche argentée – s'élance à grande vitesse.*
• Les enfants sont **excités**.
• Il y a **cinq membres** : papa, maman et les trois enfants.

❷ • Ans : **nom commun** / circulera : **verbe** / États-Unis : **nom propre**.
• Aujourd'hui : **mot invariable** (adverbe) / rapides : **adjectif** / les : **déterminant**.

❸

	Préfixe + radical	Radical + suffixe	Préfixe + radical + suffixe
1	trans/former	form/ation – form/ateur	dé/form/ation – in/form/ateur
2	dé/passer	pass/age	dé/passe/ment
3	ré/chauffer	chauff/age	ré/chauffe/ment
4	ren/verser	verse/ment	ren/verse/ment

❹ • Le TGV **n° 9294**.
• **9 h 14**.
• **11 h 14**.
• 11 h 14 – 9 h 14 = **2 h**.
• Le TGV parcourt 420 km en 2 h. Donc, en 1 h, il parcourt **210 km** (420 : 2 = 210).

❺ 143,7 + 258 + 0,34 = 402,04
418,27 – 69,306 = 348,964
738 × 409 = 301 842

Pense à repérer les chiffres des unités pour bien les aligner en posant un calcul en colonnes.

❻ • La roue C tourne **dans le même sens** que la roue A.
• La roue D tourne **dans le sens contraire** de la roue C.
• Les roues B et D **tournent dans le même sens**.

2. Suivez le guide ! .... p. 8

❶ Le nom **guide**... désigne d'abord un **ouvrage écrit (un livre)**, puis un **homme**. Un **chef-d'œuvre** est **une œuvre exemplaire, particulièrement réussie**. Les **labours**, les **semailles**, la **moisson** et le **battage** désignent les actions de **labourer** la terre, de **semer** les graines, de **moissonner** et de **battre** le blé.

❷ Le guide... Ceux-ci se regroupent, puis ils le suivent... s'adressant à eux... pour être sûr que tous l'entendent, il leur demande... Les mots relevés sont appelés des **pronoms**.

❸ **Ce** matin-**là**, les touristes **ont** visité **ce** château.
Mes amis **m'ont conseillé** de visiter **sept** villes des environs.

Ce et *se*, *on* et *ont*, *à* et *a*, *mais* et *mes*... sont des homonymes grammaticaux. Tu dois apprendre à les reconnaître.

❹

Longueurs sur la carte	Longueurs réelles	
	en km	en cm
3 cm	600 km	60 000 000 cm
1 cm	**200 km**	**20 000 000 cm**
9 cm	**1 800 km**	**180 000 000 cm**
0,9 cm	180 km	**18 000 000 cm**

Échelle de la carte : **1/20 000 000**.

1/20 000 000 se lit « un vingt millionième ». 1 cm sur la carte représente une distance réelle de 20 millions de cm.

❺

```
  2 6 0  | 40
– 2 4 0  | 0,65
    2 0 0
  – 2 0 0
    0 0 0
```

❻ Il faut colorier en **jaune** : **une voûte romane – (xe-xie siècles) – La voûte renforcée d'arcs... à l'extérieur par des contreforts**.
Il faut colorier en **bleu** : **une voûte gothique – (xiie-xvie siècles) – Les ogives croisées... tout l'édifice**.

Jeux d'anglais............. p. 10

❶ 1re ligne : Buckingham Palace, The London Eye, The Tower of London.
2de ligne : Westminster and Big Ben, a double-decker bus, a bobby.

❷ In London, buses are called **double-decker buses**. / In London, a bobby is **a policeman**. / In London, Big Ben is **a clock**.

❸

A	T	H	E	-	T	U	B	E	A	Z	R	Y
Z	R	A	A	P	H	A	A	Z	B	D	F	H
V	A	B	Z	I	E	Z	Z	A	-	C	A	B
E	F	A	E	T	-	E	E	R	D	E	T	U
R	A	Z	R	E	H	R	R	T	T	R	G	J
T	L	O	R	D	O	U	V	T	O	W	G	R
Y	G	A	A	I	R	A	A	H	W	R	R	T
A	A	Z	Z	L	S	Z	Z	E	E	T	T	Y
Z	R	E	E	R	E	E	E	-	R	Y	Y	A
E	-	R	R	Y	-	R	R	G	-	A	A	Z
R	S	T	T	A	G	T	T	H	B	Z	Z	E
T	Q	Y	Y	Z	U	Y	Y	E	R	E	E	R
Y	U	A	A	E	A	A	A	R	I	R	R	T
A	A	Z	Z	R	R	Z	Z	K	D	T	T	Y
Z	R	E	E	T	D	E	E	I	G	Y	Y	A
E	E	R	R	Y	S	R	R	N	E	A	A	Z

❹ ❶ toast – ❷ a cup of tea – ❸ sausages – ❹ grilled tomatoes – ❺ fried or poached eggs – ❻ bacon – ❼ baked beans – ❽ mushrooms.

3. Comme un poisson dans l'eau .... p. 12

❶ Les aquariums sont comme des fenêtres ouvertes sur la mer.

Des poissons / Des mammifères / Des oiseaux de mer vivent dans les aquariums.

Des espèces sont menacées par les hommes.

❷

plonger	nager
je plonge	il nage
tu plonges	je nage
elles plongent	vous nagez
nous plongeons	ils nagent
vous plongez	tu nages

ranger	manger
nous rangeons	ils mangent
elles rangent	nous mangeons
elle range	vous mangez
vous rangez	tu manges
je range	elle mange

❸ Il faut cocher : Les scientifiques observent la vie des poissons. / Les requins attendent l'heure de leur repas. / La surpêche menace certaines espèces.

4 • Aire de la face ①: 15 × 2,5 = **37,5 m²**
• Aire de la face ②: 4 × 2,5 = **10 m²**
• Aire de la face ③: 15 × 4 = **60 m²**

5 Dépense totale :
(9,50 × 2) + (5 × 2) = 19 + 10 = **29 €**
Somme rendue : 50 – 29 = **21 €**

6

4. Montée sportive ....p. 14

1 • Camille est une fille ; il faut souligner : *elle tâte – ne la quitte pas – la retenir – si elle glissait.*
Sacha est un garçon ; il faut souligner : *prêt à la retenir – de lui dépend.*
• Matériel nécessaire à l'escalade : des **baudriers**, des **casques**, des **chaussures**, une **corde**, un **descendeur**, des **mousquetons**.
• **Anfractuosités.**
• La descente **en rappel**.

Savoir bien lire, c'est être attentif à l'orthographe qui précise le sens.

2 Grimper / grimpette / grimpeur.

3 Dans les Alpes, l'hiver, des alpinistes de l'extrême grimpent sur des cascades gelées.

Avant de partir, le guide vérifie très sérieusement la qualité du matériel.

Les médecins conseillent la pratique d'une activité sportive.

Les débutants chercheront des prises facilement accessibles.

Le verbe « **chercheront** » est au futur de l'indicatif.

4 9 h 05 min = 8 h 65 min
8 h 65 min – 8 h 55 min = 10 min
Valérian et Érin attendent depuis **10 minutes**.

5

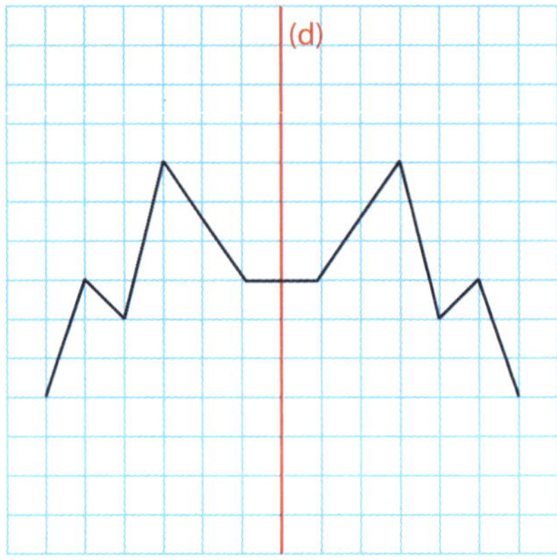

6 • $\frac{3}{4} < 1$ • $\frac{1}{4} < 1$
• $\frac{7}{4} > 1$ • $\frac{2}{4} < 1$
• $\frac{4}{4} = 1$

7 **B** **liquide** (Attention ! L'eau dans un nuage est liquide, il s'agit de gouttelettes d'eau en équilibre avec de la vapeur. En effet, l'eau à l'état gazeux est invisible, ce qui n'est pas le cas dans un nuage.) / **C** **liquide** / **D** **liquide** / **E** **liquide** / **F** **solide** / **G** **gazeux**.

5. Pêche en mer .... p. 18

1 Il faut cocher : **La pêche au chalut**.

2 Il faut relever : ***le filet en poche commence à racler le fond***.

3 Le bateau roule. ➝ Il s'incline alternativement d'un bord et de l'autre. / Le ballon roule sur le sol. ➝ Il avance en tournant sur lui-même. / Il roule sa bosse. ➝ Il voyage beaucoup.

4

sujet	présent	imparfait
Les hommes	partent	partaient
Il	fait	faisait
Nous	venons	venions
Tu	pâlis	pâlissais

futur	passé composé	infinitif
partiront	sont partis	partir
fera	a fait	faire
viendrons	sommes venu(e)s	venir
pâliras	as pâli	pâlir

Pour chaque verbe à conjuguer, n'hésite pas à consulter l'aide-mémoire pour t'aider à trouver la terminaison qui convient.

5 94,8 × 76 = 7 204,8
835 : 26 = 32,11 reste 0,14
734 – 28,672 = 705,328
(300 × 2) : 4 = 150

6 (16 : 4) + (7 : 2) + (24 : 2) = 4 + 3,5 + 12
= **19,5**

Oui, j'ai assez d'argent pour effectuer ces achats.

7 • Les maquereaux mangent les **petits poissons**.
• Ils sont mangés par le **thon**.
• Le requin blanc mange **le thon**.

6. Le loup à la loupe .... p. 20

1 Il faut colorier les cases : **oui** / **non** / **oui** / **oui** / **oui** / **non**.

2 • Où les filles ont-elles trouvé refuge ?
• Pourquoi le loup ne l'a-t-il pas dévorée ?

3 • L'**allaitement** des louveteaux dure 8 semaines.
• Le développement des massifs **forestiers** favorise le retour des loups.
• Les agneaux sont en sécurité dans la **bergerie**.

4

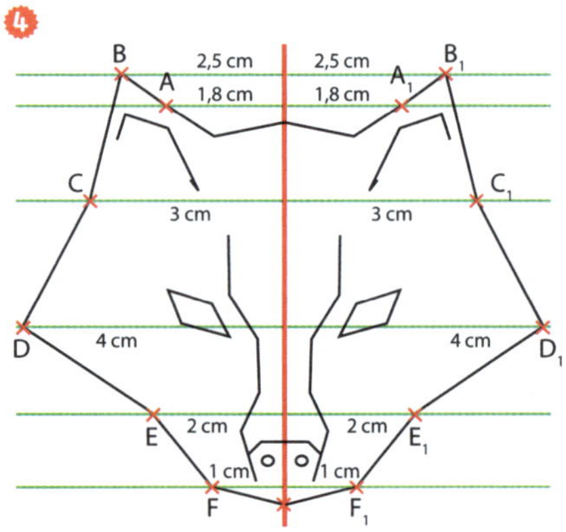

• Les droites vertes sont **parallèles** entre elles.

Pour tracer le symétrique du dessin, commence par tracer avec ton équerre les perpendiculaires à la ligne rouge passant par B, D, E et F. Mesure la distance entre le point B et l'axe rouge, puis place le point B_1 à la même distance. Fais la même chose pour les autres points, puis relie-les.

5

Nombre	$\frac{1}{4}$	$\frac{1}{2}$	$\frac{3}{4}$
20	5	10	15
100	**25**	**50**	**75**
50	**12,5**	**25**	**37,5**
60	**15**	30	**45**

6

Jeux d'anglais............. p. 22

1 EMMA: "Oh Superman!"
SUPERMAN: "Good **morning** young girl. I found your cat."
EMMA: "Thank you **very much**. My name is Emma."
SUPERMAN: "Nice to **meet** you Emma."
EMMA: "I am ten **years** old today."
SUPERMAN: "Happy birthday Emma! I am **sorry** I can't stay. I have to see another little girl."
EMMA: "**Goodbye** Superman!"

2 • Batman is wearing **a mask**.
• Wonder Woman is wearing **red boots**.
• Hulk is wearing **shorts**.
• Catwoman is wearing **a mask**.

3 De gauche à droite : **Hawkgirl** / **Squirrelgirl** / **Owlwoman** / The **Wasp** / **Spidergirl**.

4

M	I	S	S	J	M	A	R	V	E	F	A	E
A	N	R	A	Y	T	R	A	A	I	L	Z	R
E	V	E	K	T	R	A	Z	Z	N	I	E	T
Z	I	T	Z	A	Y	T	E	E	V	G	R	T
S	S	P	E	E	D	T	U	W	I	H	C	H
R	I	Y	E	Z	A	Y	R	R	I	T	Y	R
T	B	A	E	L	A	S	T	I	C	I	T	Y
F	I	T	H	T	E	Z	H	Y	L	Y	Z	G
Y	L	Z	Y	T	R	E	O	A	E	L	E	I
N	I	C	T	U	S	T	R	E	N	G	T	H
A	T	E	A	Y	T	R	N	E	W	C	T	L
Z	Y	R	Z	A	Y	T	I	R	O	K	Y	Y
L	M	T	E	D	S	O	I	A	V	U	N	J
S	U	P	E	R	-	H	E	A	R	I	N	G

7. Passage éclair................. p. 24

1 • **Un éclair multicolore**.
• La **caravane publicitaire**.
• Les enfants vont jouer à **foncer sur leurs vélos**.

2 **une** attaque / **Ses** rivaux / **sa** roue / **Un** dernier coup / **ce** dernier adversaire / **les** bras.

3 • Ce coureur **devançait** tous les concurrents.
• Ces coureurs **devançaient** tous les concurrents.

4 • 36 : 9 = 4
J'ai acheté **4 mètres** de tissu.
Vérification : 4 × 9 = 36.
• 5 × 9 = 45
Pour 5 m de tissu, il faudra payer **45 €**.

5 1 450 ; 1 45**2** ; 1 45**4** ; **1 456** ; **1 458** ; 1 460.
7 62**0** ; 1 89**0** ; 112 64**0** ; 6 48**0**.

6

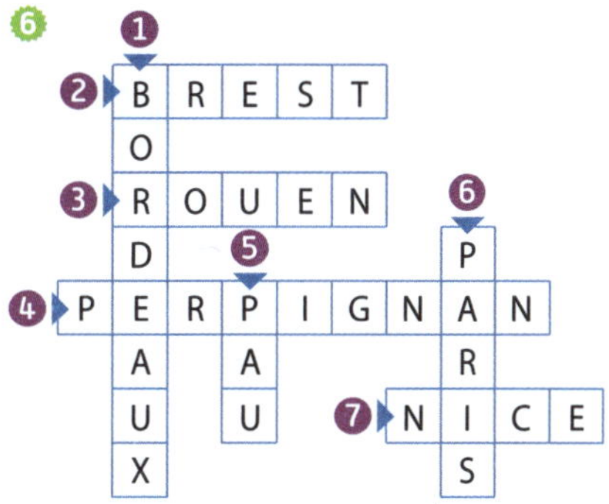

8. Connectés partout !....... p. 26

1 • **Envoyer des messages écrits** et **téléphoner**.
• On l'appelle la « **génération connectée** ».

2 • Deux compléments circonstanciels : ***Depuis 2015*** – ***Grâce aux progrès technologiques***.
• Un complément d'objet direct : ***un téléphone portable***.
• Un attribut du sujet : ***beaucoup plus qu'un téléphone***.

3 Elles obéissent / Tu obéissais / Ils obéiront / J'obéirai / Elle obéit / Vous avez obéi.

> Ne confonds pas les verbes du 3ᵉ groupe comme *courir (nous courons)* avec ceux du 2ᵉ groupe comme *obéir (nous obéis**sons**)*. Tu peux consulter l'aide-mémoire pour t'aider à trouver la terminaison qui convient.

4

	1 h	1 heure et 30 min	10 min
km	96	96 + 48 = 144	$\frac{96}{6} = 16$
miles	60	60 + 30 = 90	$\frac{60}{6} = 10$

1 *mile* anglais = **1,6** km

5 • Pour multiplier mentalement par 5, on multiplie par 10, puis on cherche la moitié.
54 × 5 → 54 × 10 = 540 ; 540 : 2 = **270**
240 × 5 → 240 × 10 = 2 400 ;
2 400 : 2 = **1 200**
65 × 5 → 65 × 10 = 650 ; 650 : 2 = **325**
• Pour diviser par 5, on divise par 10, puis on cherche le double.
410 : 5 → 41 × 2 = **82**
560 : 5 → 56 × 2 = **112**
1 200 : 5 → 120 × 2 = **240**

6

Pour...	J'utilise les numéros...
... naviguer sur Internet.	5, 6, 8
... conserver des textes, des images, des musiques.	2 (pour les photos), 4, 5, 6, 7, 8, 9
... créer des images.	3, 5, 6, 8
... communiquer avec mes amis.	5, 6, 8
... reproduire des images existantes.	1

9. Y'a pas de mystère ! .... p. 30

1 Il faut colorier : Vrai / Vrai / Faux / Faux.

2 • Ces gendarme**s** mène**nt** plusieurs enquête**s** difficile**s**.
• Les policiers enquête**nt** et suspecte**nt** les voisine**s** des malheureuse**s** victime**s**.
• Dans les poste**s** de police, les victime**s** sont voisine**s** avec les personne**s** suspecte**s**.
• Les policière**s** arrête**nt** les coupable**s** et les menotte**nt**.
• Les gendarmes les arrête**nt** et leur passe**nt** les menotte**s**.

3

Sucre	1,55 €
Œufs	1,27 €
Biscuits	2,09 €
Lait	1,95 €
Jus de pomme	2,59 €
Total	**9,45 €**

4 • 1ʳᵉ suite : il manque **60** et **66** (on ajoute 6 pour trouver le nombre qui suit).
• 2ᵉ suite : il manque **48**, **96** et **384** (on double chaque fois le nombre précédent).
• 3ᵉ suite : il manque **960**, **60** et **30** (le nombre qui suit est la moitié du précédent).

5 Feu **vert** : je donne mon adresse à mon nouveau copain d'école – je consulte des sites d'information pour faire un exposé – je ne dis pas sur Internet ce que je fais samedi après-midi.

Feu **orange** (**Danger !**) : j'envoie une photo de moi à une copine de mon école *(s'assurer qu'il s'agit de la bonne adresse mail et que la copine est une amie vraiment proche)*.

Feu **rouge** (**Stop !**) : je passe plusieurs heures par jour sur Internet *(trop de temps passé devant les écrans peut nuire à la santé)* – pour avoir beaucoup d'amis, j'accepte même ceux que je ne connais pas.

10. Gourmandise .... p. 32

1 • Les verbes sont au **présent de l'impératif** (à la 2e personne du singulier).
• **Coupez** le melon en deux, **retirez** les pépins. **Enlevez** la chair avec une cuillère, **placez** les morceaux dans une assiette.
• **Éplucher** l'ananas, **découper** la chair en petits dés, les **placer** dans une assiette.

2 Il faut barrer : **appétissants** / **sucré** / **chaud**.

3 Éclairs (**M**) / beignets (**M**) / gaufres (**F**) / brisée (**F**).

4

Pâte à crêpes	6 personnes	12 personnes	18 personnes
farine	**250** g	500 g	750 g
œufs	3	**6**	9
lait	0,5 L	**1 L**	1,5 L
huile	1 cuillère	**2 cuillères**	**3 cuillères**

5 2,5 kg = **2 500** g
500 g = **0,5** kg
150 g = 0,150 kg
16 250 **g** = 16,25 kg

6 $\frac{1}{2}$ L > 5 cL ; $\frac{1}{2}$ L **=** 50 cL ; $\frac{1}{2}$ L < 500 cL

7 Il fait trop chaud dans la maison en hiver. → Je baisse le thermostat du chauffage. / Je sors de la pièce où les lumières sont allumées. → J'éteins les lumières. / J'ai bu ma canette de soda. → Je jette l'emballage dans la poubelle des déchets recyclables. / La radio fonctionne alors que personne n'est dans la pièce. → J'éteins la radio. / Les piles de la télécommande sont usées. → J'apporte les piles dans un magasin où on les recyclera.

Jeux d'anglais .... p. 34

1 • 1re ligne : spring / autumn.
• 2de ligne : summer / winter.

2 • 1re colonne : tornado / hail / storm.
• 2e colonne : rain / snow.
• 3e colonne : mist / thunderstorm.

3  → windy

 → sunny

 → rainy

 → cloudy

 → snowy

11. La vie de l'eau .... p. 36

1 • Des **porteurs d'eau**.
• Des **nez**.
• Des **goûteurs**.

2 • Maël est [accompagné] de son grand-père ; ils vont [arroser] les radis.
• La rivière a [débordé] et les quais sont [inondés].
• Pour [préparer] une bataille d'eau, les enfants ont [déposé] devant eux des seaux et des pistolets. À la fin de la partie, ils sont tous [trempés] et heureux.

3 • Des enfants observent des poissons argentés <u>au bord du lac</u>. → **Au bord du lac**, des enfants observent des poissons argentés.
• <u>Sur le sable</u>, Sara et Kévin construisent un château. → Sara et Kévin construisent un château **sur le sable**.

4

Fleuves	Débit (m^3/s)	Longueur totale (km)	Longueur en France (km)
Garonne	**700**	650	**520**
Loire	**1 000**	1 012	**1 012**
Rhin	2 000	1 320	188
Rhône	1 720	812	522
Seine	**500**	**776**	776

5

× 1,5

Bouteille	Litre
1	1,5
3	**4,5**

• 33 cL = **0,33** L
0,33 × 12 = 3,96
Il faut **3,96 L** d'eau pour réapprovisionner les 12 bouteilles.
• 1,5 × 3 = 4,5 > 3,96
Le moniteur a pris assez d'eau.

6 10 L = **100** dL ; 2,5 **dL** = 25 cL ;
408 cL = 4,08 L ; 384 mL = **0,384** L ;
3 207 mL = 32,07 dL.

7 **1** Captage depuis la nappe phréatique / **2** Transport / **3** Production d'eau potable / **4** Distribution / **5** Traitement des eaux usées / **6** Rejet de l'eau épurée.

12. Dans mon « bio » jardin ! .... p. 38

1 Il faut barrer :
• **les coccinelles** / **d'autres insectes** ;
• **qui se nourrit de végétaux** ;
• **les amis.**

2 • Les coccinelles ne se nourrissent-elles pas de pucerons ?
• Toutes les coccinelles sont-elles rouges avec des points noirs ?

3 • Il est tombé dans les **pommes**. *(S'évanouir.)*
• C'est la **cerise** sur le gâteau. *(C'est la touche finale.)*
• « Je n'aime pas avoir l'air d'un **cornichon**. » *(Avoir l'air d'un idiot.)*
• « Tu as chaud, tu es rouge comme une **tomate** ! » *(Le visage rougit sous l'effet de la chaleur.)*

4 Classement : **C** (14 carreaux) – **B** (12 carreaux et un petit au centre) – **D** (12 carreaux) – **A** (9 carreaux).

Pour évaluer l'aire des surfaces jaunes, compte les carreaux entiers et pense que deux demi-carreaux ensemble font un carreau entier.

5 [0,5] ; [$\frac{5}{10}$] ; [0,50] ; [$\frac{50}{100}$] ; 0,05 ; [$\frac{1}{2}$] ; 5.

6 • (8 × 8) × 4 = 64 × 4 = 256
La surface cultivée représente 4 carrés, soit **256 m²**.
• Côté du potager (allées + parcelles cultivées) = (8 × 2) + (2 × 3) = 16 + 6 = 22 m.
Aire totale du potager = 22 × 22 = 484 m².
→ Surface des allées = aire totale – aire cultivée.
484 – 256 = 228
La surface des allées représente **228 m²**.

7

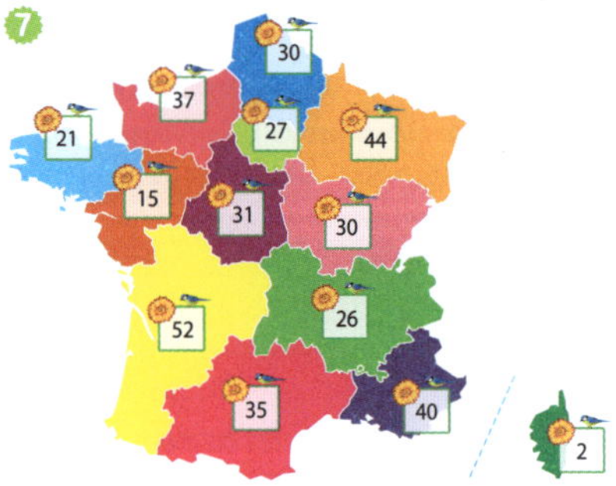

13. À vos pagaies ! .... p. 40

1 Il faut colorier : Vrai / Vrai / Faux.

2 • J'ai acheté un vélo <u>de course</u>.
• Théo fait beaucoup de patin <u>à roulettes</u>.
• Lucie et Max écoutent le chant <u>des oiseaux</u> dans le jardin.
• Pendant leur promenade, les enfants observent des singes <u>de grande taille</u>.

3 • Nous **avons abordé** sur une île déserte.
• Demain, il **reprendra** la pagaie pour une nouvelle aventure.
• Elles **traversèrent** des rapides inquiétants lors de leur précédente sortie.

• Avec leurs kayaks, les enfants **découvrent** la nature.
• Autrefois, ce canot **servait** pour la chasse et la pêche.

4 • 3740 dm = **374** m = 0,374 **km**
• **1,254** L = 1 254 mL = **0,01254** hL
• 152 cm² = **1,52** dm² = 15 200 **mm²**

5 • 128 ; 130 ; **132** ; 134 ; **136** ; **138**. (Il faut ajouter 2 à chaque fois.)
• **44** ; 49 ; 54 ; **59** ; 64 ; **69**. (Il faut ajouter 5 à chaque fois.)
• 78 ; 90 ; **102** ; **114** ; 126 ; **138**. (Il faut ajouter 12 à chaque fois.)

6 • (12 × 4) + 9 = 48 + 9 = **57**
• (3 × 4) × 10 + 7 = 12 × 10 + 7 = 120 + 7 = **127**
• (14 – 4) × 9 + 8 = 10 × 9 + 8 = 90 + 8 = **98**

7 Il a volé, sans carburant, 70 heures pour relier New York à Séville, en Espagne : **E.**
Il est le premier homme à avoir vu la Terre de l'espace : **C.**
Au xxᵉ siècle, il a affronté le froid polaire : **A.**
Ils ont mis le pied sur le toit du monde : **B.**
Ils sont allés sur le seul satellite naturel de la Terre : **D.**

14. Destination Mars .... p. 44

1 • **6**
• **Un an.**
• **Non**, ils étaient dans un isolement complet.

2 Les volontaires **se préparaient** depuis longtemps. Arrivés dans le dôme, ils **sortirent** leur matériel scientifique. Une fois par semaine, ils **pouvaient** prendre une douche. Un soir, alors qu'ils **prenaient** un repos bien mérité, l'alarme incendie **se déclencha**.

3

Adjectif	Adverbe
tardif, tardive	tardivement
net, **nette**	**nettement**
gai, **gaie**	**gaiement**

Adjectif	Adverbe
méchant	méchamment
intelligent	**intelligemment**
prudent	prudemment

Pour savoir comment écrire un adverbe en *-ment*, cherche l'adjectif de la même famille :
– s'il vient d'un adjectif féminin *(tardive)*, il se termine par *-ement (tardi**vement**)* ;
– s'il vient d'un adjectif masculin en *-ant (méchant)*, il se termine par *-amment (méch**amment**)* ;
– s'il vient d'un adjectif masculin en *-ent (prudent)*, il se termine par *-emment (prud**emment**)*.

4 • 300 000 × 60 = 18 000 000
Distance parcourue par la lumière en 1 minute : 18 000 000 km/min.
En 8 minutes : 18 000 000 × 8 = 144 000 000
La distance entre la Terre et le Soleil est de **144 millions de km.**
• 18 000 000 × 6 = 108 000 000
La distance entre Vénus et le Soleil est de **108 millions de km.**

5 • Avec un zéro pour unité :
21 640 < 21 648 < **21 650.**
• Avec un zéro pour unité et dizaine :
124 700 < 124 712 < **124 800.**
• Avec un zéro pour centaine :
14 099 < 14 602 < **15 000.**
• Avec un cinq pour dizaine :
9 159 < 9 213 < **9 250.**

6

	Côté	Périmètre	Aire
Carré 1	6 cm	**24 cm**	**36 cm²**
Carré 2	**12 m**	48 m	**144 m²**
Carré 3	**8 km**	**32 km**	64 km²

Pour connaître le côté du carré 3, cherche le nombre qui, multiplié par lui-même, donne 64. C'est 8, car 8 × 8 = 64.

7

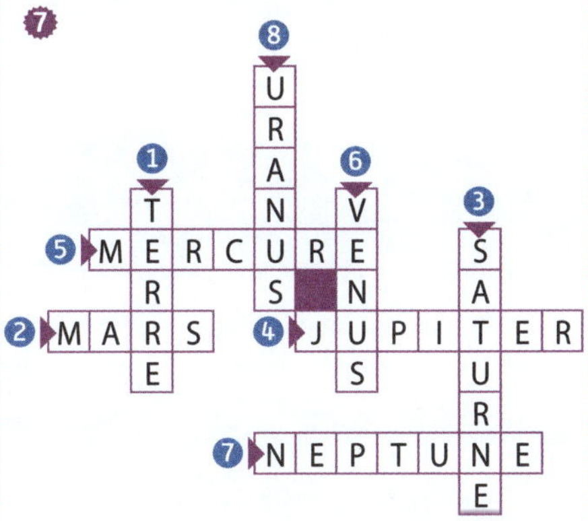

15. Grands voyageurs .... p. 46

1 • Certains animaux migrent pour **rechercher un climat plus chaud**, pour **se nourrir** et **se reproduire**.
• La **baleine grise.**
• Le **gnou.**

2 • Une zone humide est un espace de transition entre la terre et l'eau.
• L'hirondelle est un oiseau migrateur.

3 • En automne et au printemps, <u>les vols de cigognes</u> sont… (**Groupe nominal**)
• <u>Les oiseaux migrateurs</u> évitent… <u>ils</u> empruntent… (**Groupe nominal**) / (**Pronom personnel**)

4 • 4 + 3 = 7
7 personnes vont payer une entrée. **Le bébé ne paye pas.**
• (13,50 × 4) + (9 × 3) + (4 × 3)
= 54 + 27 + 12 = 93
Montant de la dépense : **93 €.**

Commence par effectuer les multiplications entre parenthèses avant d'additionner.

5 47,8 → **48** ; 59,7 → **60** ; 125,42 → **125** ; 610,9 → **611** ; 703,09 → **703.**

6 • Oie cendrée et sarcelle d'hiver
• Pinson du Nord
• Cigogne et hirondelle

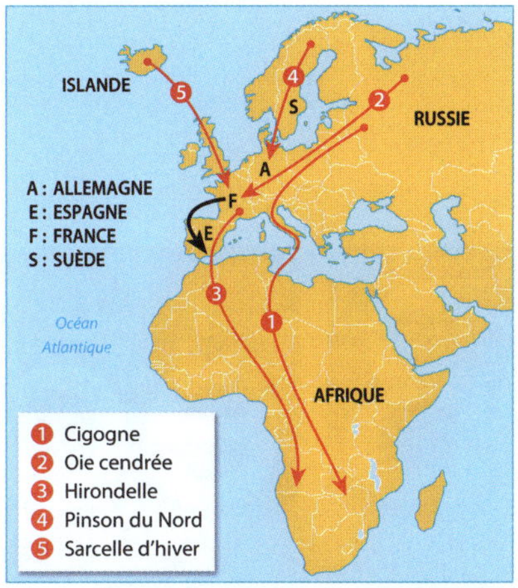

16. Bon vent ! .... p. 48

1 • **Napoléon III.**
• Les **coquilles Saint-Jacques** ou les **huîtres.**
• ***La Cancalaise*** ou ***La Granvillaise.***

2

3 • Les navires quittent le **port.**
• Le cheval monte dans le **van.**
• Pour célébrer un mariage, le **maire** porte une écharpe tricolore.
• Inès **est** partie à la pêche.
• Ce matin, la **mer** est très agitée : les vagues recouvrent le quai.

4 • La vague a brusquement retourné le surfeur qui a replacé sa planche avec adresse. → **passé composé de l'indicatif**
• Le vent souffla si fort que les parasols s'envolèrent. → **passé simple de l'indicatif**
• Remettez les étoiles, les crevettes et les crabes à la mer. → **présent de l'impératif**

5 • 187 + 56 = 243
Amandine a parcouru 243 milles.
36 + 45 + 45 = 126
Rachid a parcouru 126 milles.
C'est **Amandine qui a parcouru le plus de milles**.
• Il faut entourer **233 km**.

6 • Le chiffre des centaines de mille :
[1]85 200 ; 1 [0]58 000 ; 690 [0]00 821.
• Le chiffre des dizaines de mille :
77 [7]7 777 ; 9 0[9]9 999 ; 8 8[8]8 666.

7 1 → C / 2 → B / 3 → A.

8 1 → C / 2 → F / 3 → E / 4 → D / 5 → A / 6 → B.

Jeux et activités

Les merveilles de la nature.... pp. 16-17

• **Le jeu de la forêt** (p. 17)

1 → B / 2 → C / 3 → D / 4 → A.

Apéro rigolo.............................. pp. 28-29

• **Chacun son verre** (p. 28)
Ni cassis ni citron… Et pas de vert : **rouge** / Rouge et bleu : **violet** / J'aurai un verre plein de son homonyme : **vert** / J'aime les agrumes : **jaune**.

• **Le jeu des fruits et légumes** (p. 29)
La tomate est un **fruit**. / La pastèque est un **fruit**. / La carotte est un **légume**.

Sur les mers et les océans..... pp. 42-43

• **Le jeu des capitaines** (p. 43)
Nemo → *Nautilus* / Jack Sparrow → *Black Pearl* / Cousteau → *Calypso* / C. Colomb → *Santa María* / E.-J. Smith → *Titanic*.

rigolo

IL TE FAUT

Pour 4 verres :
- 1 L de jus de raisin
- 1 orange
- 1 citron
- 1 cuillère à café de cannelle
- 150 g de fruits de saison
- 2 morceaux de sucre
- des feuilles de menthe (facultatif)

INFO

Qui est Arcimboldo ?

Giuseppe Arcimboldo est un peintre italien du XVIe siècle. Il est surtout connu pour ses portraits composés d'un assemblage de fruits, de légumes ou d'animaux, que tu peux t'amuser à imiter.

Sangria sans alcool

La préparation

1. Coupe en morceaux l'orange, le citron et les fruits de saison et ajoute le jus de raisin.
2. Laisse reposer 2 ou 3 heures dans un endroit frais.
3. Ajoute la cannelle, les 2 morceaux de sucre et les feuilles de menthe.
4. Sers en ajoutant des glaçons.

Le jeu des fruits et légumes

Entoure la bonne réponse.

 est un fruit/légume.

 est un fruit/légume.

 est un fruit/légume.

Solution du jeu page 8 des corrigés.

ASTUCE !

Pour égayer tes verres de jus de fruits

1. Colore tes glaçons, en ajoutant du sirop (menthe, citron…) dans l'eau, avant de les congeler.
2. Décore tes glaçons en ajoutant à l'eau des morceaux de fruits ou de feuilles de menthe…

Y'a pas

Ce **matin,** le gardien de la réserve ornithologique a entendu des coups de fusil ! Il découvre un fusil de chasse et un sac à dos. Dans le sac, un faisan et un canard sauvage, morts bien sûr ! Le directeur de la réserve et les gendarmes arrivent ensemble…

« Aucune empreinte sur l'arme et le sac, et nous avons quatre suspects ! » annonce le brigadier Lepasse au gendarme Duport.

Il y a madame Bonpied, qui faisait son jogging et jure ne rien connaître aux armes à feu. Vient ensuite le gardien, incapable de parler tant il tremble à l'idée de perdre son emploi. La personne suivante mérite qu'on s'y intéresse, pense Duport, c'est le président de l'association de chasse.

« Je ne chasse que le gros gibier, et je n'utilise que des balles de gros calibre, dit celui-ci.

– Il n'a pas tort, intervient madame Bonpied, pour ces oiseaux, mieux vaut du petit plomb. »

Il y a enfin un pêcheur qui dévore son casse-croûte. « Ça ne peut pas être moi, j'adore les oiseaux ! » plaisante-il en montrant son sandwich au poulet…

« Poulet, canard, faisan, c'est lui ! » clame Duport qui sort ses menottes. Le brigadier le retient : « J'ai un autre suspect, dit-il, quelqu'un a menti, j'en suis sûr ! »

As-tu bien lu ?

1 Vrai ou faux ? Colorie la bonne case.

- Le chasseur ne s'intéresse pas aux oiseaux.
  Vrai Faux
- Le gardien a peur pour son emploi.
  Vrai Faux
- Madame Bonpied ne connaît rien à la chasse.
  Vrai Faux
- On utilise des balles de gros calibre pour la chasse aux oiseaux.
  Vrai Faux

Français

2 Écris les marques du pluriel en rouge pour les verbes, en bleu pour les noms et les adjectifs.

AIDE 2 Page 50

- Ces gendarme…… mène…… plusieurs enquête…… difficile…… .
- Les policiers enquête…… et suspecte…… les voisine…… des malheureuse…… victime…… .
- Dans les poste…… de police, les victime…… sont voisine…… avec les personne…… suspecte…… .
- Les policière…… arrête…… les coupable…… et les menotte…… .
- Les gendarmes les arrête…… et leur passe…… les menotte…… .

d'mystère !

Tu as fini ?

9

BRAVO !
Colle ici ton étoile

Maths

3 Écris les noms des produits devant le bon prix sur cette note de supermarché, sachant que l'on a acheté :

– des **œufs**, qui sont l'article le moins cher ;
– du **lait**, qui coûte moins que les **biscuits** mais plus que le **sucre**.

Calcule le total.

	1,55 €
	1,27 €
	2,09 €
	1,95 €
Jus de pomme	2,59 €
Total	

4 Observe les suites de nombres sur les bandelettes et trouve les nombres manquants.

36	42	48	54			72	78

3	6	12	24			192	

	480	240	120			15	7,5

EMC

5 Observe ce que fait Amélie sur sa tablette. Colorie le feu en vert si c'est bien, en orange si elle doit être prudente, en rouge si ce qu'elle fait est mal ou interdit.

Je donne mon adresse à mon nouveau copain d'école.

Je consulte des sites d'information pour faire un exposé.

Je passe plusieurs heures par jour sur Internet.

Pour avoir beaucoup d'amis, j'accepte même ceux que je ne connais pas.

Je ne dis pas sur Internet ce que je fais samedi après-midi.

J'envoie une photo de moi à une copine de mon école.

BROCHETTES DE FRUITS

Ingrédients pour 6 personnes

- 1 melon
- 500 g d'abricots
- 1 ananas
- 300 g de fraises
- des feuilles de menthe (facultatif)

Ustensiles

- des brochettes en bois
- 1 grand plat
- 1 cuillère
- 6 assiettes
- 1 couteau

① Lave les fraises, les abricots et les feuilles de menthe.
② Coupe le melon en deux, retire les pépins. Enlève la chair avec une cuillère, place les morceaux dans une assiette.
③ Épluche l'ananas, découpe la chair en petits dés, place-les dans une assiette.
④ Coupe les abricots dénoyautés en petits dés, place-les dans une assiette.
⑤ Enfile sur une brochette : 1 feuille de menthe, 1 morceau de melon, 1 fraise, 1 morceau d'ananas, 1 fraise, 1 morceau d'abricot, termine par 1 feuille de menthe.

Bon appétit !

1 As-tu bien lu ?

- À quel temps et à quel mode les verbes sont-ils conjugués ?

....

- Réécris l'étape ② à la deuxième personne du pluriel de l'impératif.

Coupez le melon ....

....

....

....

- Réécris l'étape ③ en mettant les verbes à l'infinitif. ....

....

Français

2 Barre la proposition fausse.

AIDE 3 Page 50

- Je prends le millefeuille si appétissant. / appétissants.
- Tu choisis une tarte sucré. / sucrée.
- Il préfère les beignets chaud. / chauds.

3 Indique si le mot souligné est masculin (M) ou féminin (F), en t'aidant des autres mots de la phrase.

Ex. : Les kouglofs d'Alsace sont <u>délicieux</u>. (M)

Les <u>éclairs</u> sont rangés à côté des religieuses. ....

À Lyon, on déguste des <u>beignets</u> tièdes et dorés. ....

Les enfants savourent des <u>gaufres</u> chaudes. ....

Cette assiette est <u>brisée</u>. ....

Tu as fini ?

10

BRAVO !
Colle ici ton étoile

Gourmandise

Maths

4 Complète le tableau.

AIDE 25 Page 56

Pâte à crêpes	6 personnes	12 personnes	.... personnes
farine	.... g	500 g	750 g
œufs	3	....	9
lait	0,5 L	....	1,5 L
huile	1 cuillère	....	....

5 Convertis ces mesures.

AIDE 22 Page 55

- 2,5 kg = ... g
- 500 g = ... kg
- .... g = 0,150 kg
- 16 250 .... = 16,25 kg

6 Place le signe qui convient : <, = ou >.

- $\frac{1}{2}$ L .... 5 cL
- $\frac{1}{2}$ L .... 50 cL
- $\frac{1}{2}$ L .... 500 cL

Devinette

Un gâteau du tonnerre !
Je peux illuminer le ciel ou te régaler.
Qui suis-je ?

Réponse : l'éclair.

EMC

7 Une attitude éco-responsable

Associe les situations suivantes aux bons gestes à adopter pour la planète.

- Il fait trop chaud dans la maison en hiver.
- Je sors de la pièce où les lumières sont allumées.
- J'ai bu ma canette de soda.
- La radio fonctionne alors que personne n'est dans la pièce.
- Les piles de la télécommande sont usées.

- J'ouvre la fenêtre.
- Je jette l'emballage dans la poubelle des déchets recyclables.
- Je laisse les lumières allumées : je reviens dans 30 minutes !
- Je baisse le thermostat du chauffage.
- J'éteins les lumières.
- J'éteins la radio.
- J'apporte les piles dans un magasin où on les recyclera.
- Je jette l'emballage par terre.
- Je jette les piles avec les objets en verre.

The seasons

Les saisons

1 Les quatre saisons

Complète les phrases à l'aide des images.

What's your favourite season?
My favourite season is ....

What's your favourite season?
My favourite season is ....

The four seasons

spring	*le printemps*
summer	*l'été*
autumn	*l'automne*
winter	*l'hiver*

What's your favourite season?
My favourite season is ....

What's your favourite season?
My favourite season is ....

PISTE 1

Écoute l'anglais
de ces jeux sur notre site
www.parascolaire.hachette-education.com

2 Beau temps ! Sale temps ! **Associe chaque mot à l'image qui lui correspond.**

....

....

....

....

Mist
(la brume)

Rain
(la pluie)

Storm
(la tempête)

Thunderstorm
(l'orage)

Hail
(la grêle)

Snow
(la neige)

Tornado
(la tornade)

....

....

....

3 Quel temps fait-il aujourd'hui ?

Associe chaque dessin au mot qu'il signifie.

snowy *neigeux*	cloudy *nuageux*	sunny *ensoleillé*	rainy *pluvieux*	stormy *orageux*	windy *venteux*

La vie

Tourner un robinet pour te remplir un verre d'eau est un geste très facile ; mais sais-tu d'où vient cette eau ? L'eau est un élément indispensable à la vie et, depuis toujours, l'homme a cherché à se rapprocher des points d'eau. Ainsi, les villes se sont développées près des rivières. Pendant longtemps, on allait chercher l'eau à la rivière ou à la fontaine, ou bien encore des porteurs d'eau distribuaient l'eau des fontaines aux habitants.

Puis les hommes ont inventé des conduites souterraines pour apporter l'eau à leur domicile. Cette eau, puisée dans des nappes phréatiques ou dans des rivières, est traitée dans des usines pour la rendre potable. Des « nez » et des « goûteurs » la testent en permanence.

Mais dans la nature, une eau d'apparence claire n'est pas forcément potable et peut être polluée. C'est pourquoi, en randonnée, avant de boire l'eau d'une fontaine ou d'un robinet, il faut toujours vérifier s'il y a l'indication « Eau potable ».

As-tu bien lu ?

1 Retrouve trois noms de métiers cités dans le texte.

- De grands seaux pendent à leurs épaules : ....
- Ils sentent l'eau à la recherche d'odeurs désagréables : ....
- Ils en gardent un peu dans la bouche à la recherche des saveurs : ....

Français

2 Entoure la bonne réponse. AIDE 11 Page 52

- Maël est accompagné / accompagner de son grand-père ; ils vont arrosé / arroser les radis.
- La rivière a débordé / déborder et les quais sont inondé / inondés.
- Pour préparer / préparé une bataille d'eau, les enfants ont déposé / déposés devant eux des seaux et des pistolets. À la fin de la partie, ils sont tous tremper / trempés et heureux.

3 Souligne les compléments circonstanciels, puis réécris chaque phrase en les déplaçant. AIDE 5 Page 51

- Des enfants observent des poissons argentés au bord du lac.

....

- Sur le sable, Sara et Kévin construisent un château.

....

de l'eau

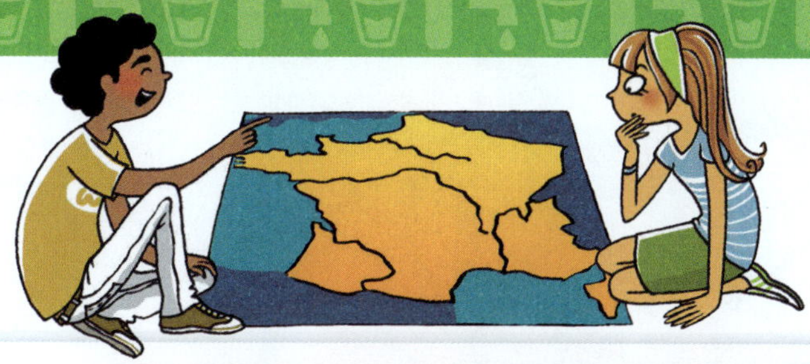

11

BRAVO !
Colle ici ton étoile

Maths

4 **Complète le tableau.**

- La Loire et la Seine ne coulent qu'en France.
- Le débit de la Loire est équivalant à la moitié de celui du Rhin.
- Le débit de la Seine est 4 fois inférieur à celui du Rhin.
- Le débit de la Garonne est équivalant aux $\frac{7}{10}$ de celui de la Loire.
- Environ 80 % de la Garonne coule en France.

Fleuves	Débit (m^3/s)	Longueur totale (km)	Longueur en France (km)
Garonne		650	
Loire		1 012	
Rhin	2 000	1 320	188
Rhône	1 720	812	522
Seine			776

5 Un moniteur emporte 3 bouteilles de 1,5 L d'eau pour réapprovisionner 12 bouteilles de 33 cL pendant une randonnée.

AIDE 23 Page 55

× ....

Bouteille	Litre
1	1,5
3	

- **Calcule la quantité d'eau nécessaire :**

33 cL = ... L

....

....

- **A-t-il pris assez d'eau ?**

....

6 10 L = ... dL 2,5 .... = 25 cL .... cL = 4,08 L

384 mL = ... L .... mL = 32,07 dL

Sciences

Devinette

Quel est le nom d'un poète français, auteur de fables célèbres ?

Réponse : Jean de La Fontaine.

7 De l'eau potable au robinet

Observe le schéma. Écris les six étapes parcourues par l'eau depuis la nappe phréatique.

1 ....

2 ....

3 ....

4 ....

5 ....

6 ....

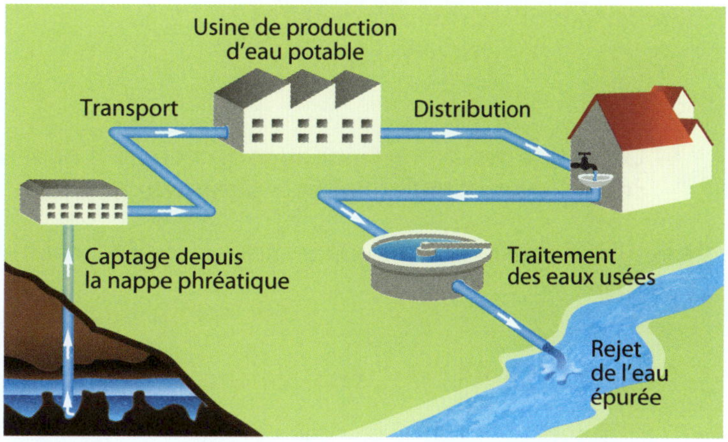

Dans mon

Comme tous les jardiniers, le jardinier « bio » craint les invasions d'insectes nuisibles qui dévorent les plantes ou les affaiblissent. Mais il sait aussi observer la nature et l'aider à faire son ouvrage… Ainsi, il plante des œillets d'Inde ou des capucines à proximité des plants de tomates pour éloigner les pucerons. Il attire aussi les coccinelles, prédateurs naturels de ces « bestioles », avec des plantes sauvages qui leur fourniront du pollen, du nectar et l'abri de leurs feuilles. Des méthodes semblables permettent d'obtenir l'équilibre biologique du jardin : les légumes, les fleurs, les arbres fruitiers restent naturellement en bonne santé… Et le jardinier n'a plus à utiliser les insecticides chimiques souvent dangereux pour sa propre santé.

1 As-tu bien lu ?

Barre les expressions en rouge qui ne conviennent pas.

- Dans le texte, le nom *bestioles* désigne **les coccinelles** / **les pucerons** / **d'autres insectes**.
- Un prédateur est un animal **qui chasse des proies vivantes** / **qui se nourrit de végétaux**.
- Les insectes nuisibles sont **les amis** / **les ennemis** du jardinier.

Français

2 Transforme ces phrases comme c'est demandé.

- Les coccinelles se nourrissent de pucerons.

Type interrogatif – forme négative : ……………………………………………………………

……………………………………………………………………………………………………

- Toutes les coccinelles ne sont pas rouges avec des points noirs.

Type interrogatif – forme affirmative : ……………………………………………………………

……………………………………………………………………………………………………

3 Complète ces expressions avec un nom pris dans la liste : cerise – tomate – cornichon – pommes.

- Il est tombé dans les …………………………… .
- C'est la …………………………… sur le gâteau.
- « Je n'aime pas avoir l'air d'un …………………………… . »
- « Tu as chaud, tu es rouge comme une …………………………… ! »

Tu as fini ?
12
BRAVO !
Colle ici ton étoile

« bio » jardin !

Maths

4 **Les parties en jaune représentent les parties fleuries de quatre jardins. Classe-les du plus fleuri au moins fleuri.**

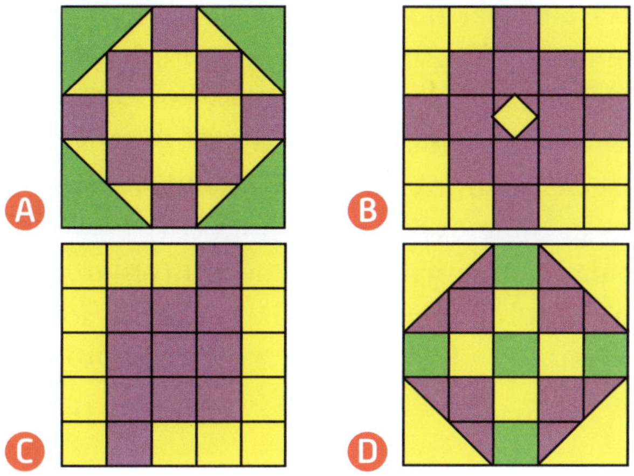

Classement : .... – .... – .... – ....

5 **Entoure les nombres égaux.**

AIDE 16 Page 54

0,5 ; $\frac{5}{10}$; 0,50 ; $\frac{50}{100}$; 0,05 ; $\frac{1}{2}$; 5.

6 Voici le plan d'un potager carré.

Calcule :

AIDE 24 Page 56

- la surface cultivée :

....

- la surface des allées :

....

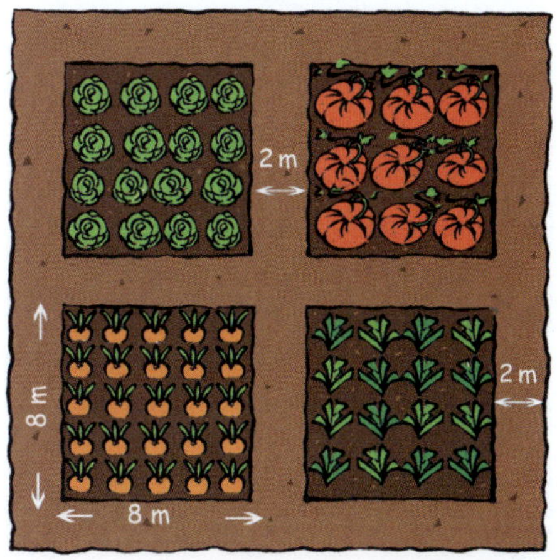

Rébus

Réponse : haie – poux – vent – taille → épouvantail.

Géographie

7 **L'État délivre le titre de « Jardin remarquable » aux jardins ouverts au public présentant un grand intérêt par leur histoire, leur beauté, leur richesse. Reporte le nombre de ces jardins au bon endroit sur la carte des régions.**

Auvergne-Rhône-Alpes	26
Île-de-France	27
Bourgogne-Franche-Comté	30
Normandie	37
Bretagne	21
Nouvelle-Aquitaine	52
Centre-Val-de-Loire	31
Occitanie	35
Corse	2
Pays de la Loire	15
Grand-Est	44
Provence-Alpes-Côte d'Azur	40
Hauts-de-France	30

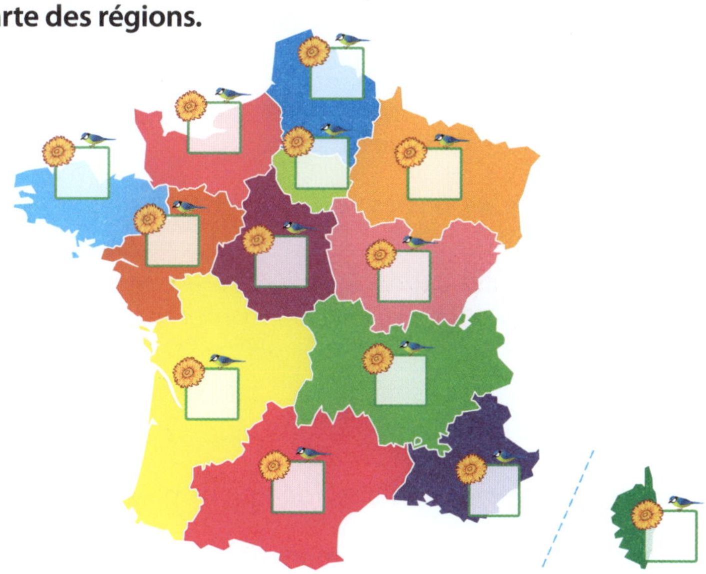

Le kayak est un canot léger que l'on dirige, propulse et équilibre grâce à une pagaie à deux pales. Il y a plus de 2 000 ans, les peuples de l'Arctique utilisaient le kayak pour pêcher et chasser. Aujourd'hui, cette activité est devenue un loisir.

Le kayak est un moyen extraordinaire de découvrir les côtes et de profiter des beautés que la nature nous offre. On se faufile entre les rochers, on découvre de merveilleuses petites criques, on se prend pour Robinson Crusoé arrivant sur son île déserte… Pour ceux qui aiment les rivières et les lacs paisibles, comme les trappeurs canadiens, une balade en kayak est une aventure au milieu de paysages inoubliables et d'une nature souvent mystérieuse !

1 As-tu bien lu ?

Vrai ou faux ? Colorie la bonne réponse.

- Les peuples de l'Arctique pêchaient et chassaient en kayak. Vrai Faux
- Le kayak permet de découvrir la nature. Vrai Faux
- Le kayak est une activité réservée aux grands sportifs. Vrai Faux

Français

2 Souligne dans les phrases suivantes les compléments du nom.

AIDE 5 Page 51

- J'ai acheté un vélo de course.
- Théo fait beaucoup de patin à roulettes.
- Lucie et Max écoutent le chant des oiseaux dans le jardin.
- Pendant leur promenade, les enfants observent des singes de grande taille.

3 Conjugue les verbes aux temps demandés.

AIDE 8 Page 51

- Nous (aborder, passé composé) .... sur une île déserte.
- Demain, il (reprendre, futur) .... la pagaie pour une nouvelle aventure.
- Elles (traverser, passé simple) .... des rapides inquiétants lors de leur précédente sortie.
- Avec leurs kayaks, les enfants (découvrir, présent) .... la nature.
- Autrefois, ce canot (servir, imparfait) .... pour la chasse et la pêche.

À vos pagaies !

Maths

4 Convertis ces mesures.

AIDE 21 Page 55

- 3 740 dm = ………… m = 0,374 …………
- ………… L = 1 254 mL = ………… hL
- 152 cm² = ………… dm² = 15 200 …………

5 Complète les suites de nombres.

- 128 ; 130 ; ………… ; 134 ; ………… ; ………… .
- ………… ; 49 ; 54 ; ………… ; 64 ; ………… .
- 78 ; 90 ; ………… ; ………… ; 126 ; ………… .

6 Trouve l'opération à effectuer pour obtenir 57. Tu disposes des nombres suivants : 12 ; 9 ; 4. Tu peux utiliser les opérations suivantes : addition, soustraction et multiplication.

…………………………………………………………

Comment obtenir 127 avec les nombres 3 ; 10 ; 7 ; 4 ?

…………………………………………………………

Comment obtenir 98 avec les nombres 14 ; 8 ; 4 ; 9 ?

…………………………………………………………

Charade

Je me couche dans mon premier.
Ma deuxième est le contraire de « laide ».
Mon troisième est à la fin du mot « pendule ».
Mon tout vole au bord de l'eau.

Réponse : lit – belle – ule → libellule.

Histoire

7 Sur les traces des grands explorateurs

Associe à chaque phrase la bonne lettre.

A : En 1911, Roald Amundsen atteint le pôle Sud.
B : En 1953, Edmund Hillary et Tenzing Norgay atteignent le sommet de l'Everest (8 848 m).
C : En 1961, Youri Gagarine est le premier homme à être allé dans l'espace.
D : En 1969, Neil Armstrong et Buzz Aldrin sont les premiers hommes à avoir marché sur la Lune.
E : En 2016, Bertrand Piccard effectue le premier tour du monde en avion solaire, le Solar Impulse.

- Il a volé, sans carburant, 70 heures pour relier New York à Séville, en Espagne : …………
- Il est le premier homme à avoir vu la Terre de l'espace : …………
- Au xxᵉ siècle, il a affronté le froid polaire : …………
- Ils ont mis le pied sur le toit du monde : …………
- Ils sont allés sur le seul satellite naturel de la Terre : …………

Sur les mers

RÈGLE DU JEU

1. Ce jeu se joue à 2 : le premier qui parvient à couler tous les navires de son adversaire a gagné.

2. Chaque joueur prépare 2 grilles comme sur le modèle : sur la première, il disposera sa « flotte » ; sur la seconde, il notera les réponses de son adversaire.

3. Les 2 joueurs placent sur leur grille les 5 navires de leur « flotte ».
Attention ! Ces navires ne doivent pas se toucher.

4. Chaque joueur, à tour de rôle, annonce le code d'une case (A4, par exemple) :
– Si l'adversaire répond : « Trois-mâts touché ! », cela signifie que la case appartient à un trois-mâts et le joueur rejoue.
– S'il répond : « À l'eau ! », alors aucun bateau n'a été touché et le joueur passe son tour.
– Lorsque toutes les cases d'un trois-mâts, par exemple, ont été trouvées, l'adversaire répond : « Trois-mâts coulé ! » et le joueur rejoue 2 fois.

MATÉRIEL

- 2 feuilles de papier quadrillé
- 2 crayons

Grilles à recopier

Place ta « flotte » sur ta grille :

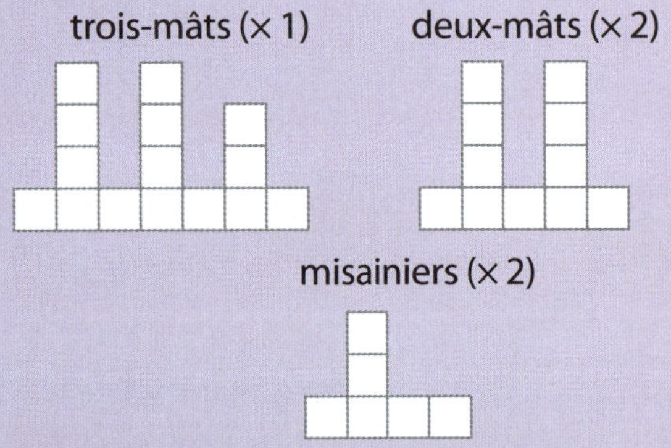

Chaque fois que ton adversaire t'annonce le code d'une case, n'oublie pas de cocher cette case sur ta grille : une croix pour un navire touché, un rond lorsque c'est « À l'eau ! ».
Fais de même sur la grille de ton adversaire, lorsque c'est toi qui annonces le code d'une case.

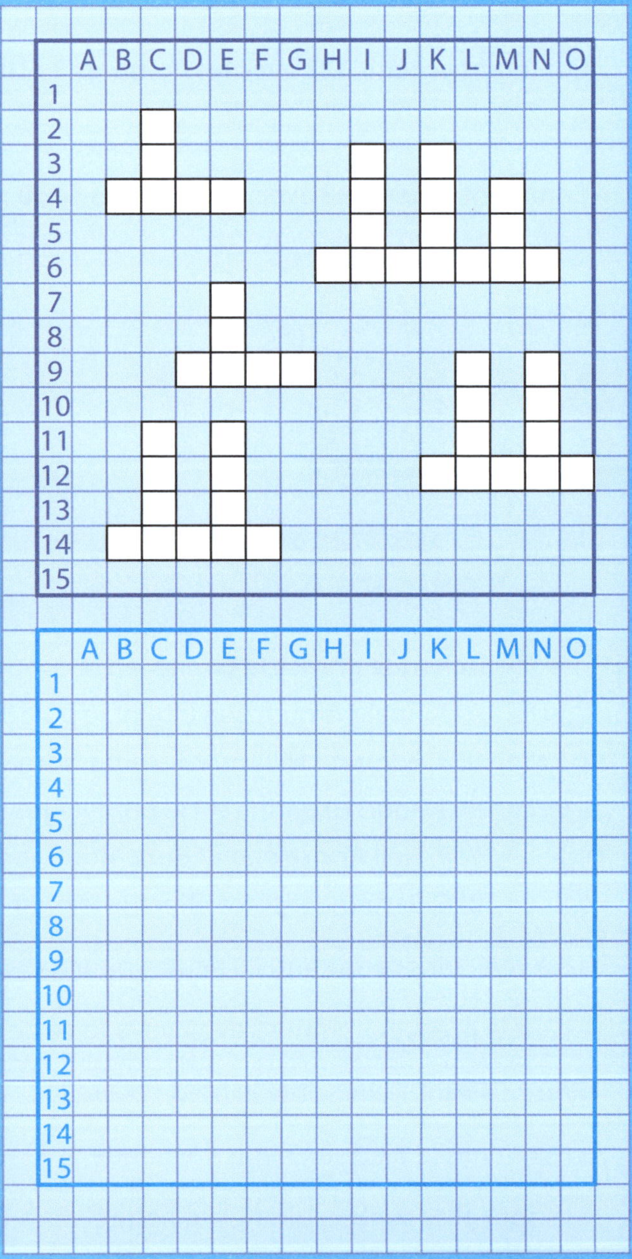

et les océans

IL TE FAUT

- 1 bassine
- 1 verre
- des pièces de monnaie

Bricolage

Coulé!

1. Remplis la bassine d'eau et fais flotter au centre le verre vide.
2. Pose sur la table un tas de pièces de monnaie de différentes tailles.
3. Chaque joueur, à tour de rôle, choisit une pièce et la dépose dans le verre.
4. Le premier qui fait couler le verre a perdu.

INFO

Qu'est-ce qu'un trimaran ?

Le trimaran est un bateau à 3 coques : 2 flotteurs sont reliés de part et d'autre à 1 coque centrale plus volumineuse mais dépourvue de l'habituelle quille. Ce type de bateau sert surtout pour la navigation de plaisance et la course à la voile.

Le jeu des capitaines

Relie chaque capitaine à son navire.

Nemo **1**	**a** *Black Pearl*
Jack Sparrow **2**	**b** *Titanic*
Cousteau **3**	**c** *Calypso*
C. Colomb **4**	**d** *Nautilus*
E.-J. Smith **5**	**e** *Santa María*

Solution du jeu page 8 des corrigés.

ASTUCE !

Conseils de sécurité en mer

1. Vérifie la météo avant de partir.
2. Protège ta peau (crème solaire) et ta tête (casquette).
3. Porte toujours un gilet de sauvetage.
4. Ne cours pas sur le pont et ne te penche pas.

Destination

Afin de préparer une mission spatiale habitée sur Mars, la NASA* a organisé une expérience sur Terre : 6 personnes volontaires (3 hommes et 3 femmes) ont vécu un an dans un dôme de 11 m de diamètre, dans une zone volcanique, entièrement coupées du monde, à 2 500 m d'altitude, avec, autour d'elles et pour seul paysage, de la roche volcanique rougeâtre, comme sur Mars. Ces scientifiques ont dû mener leurs expériences avec des contraintes dignes d'une véritable expédition spatiale : nourriture déshydratée, sorties possibles uniquement en combinaison spatiale, douche une fois par semaine.

L'un des volontaires a déclaré : « Une mission habitable sur Mars est possible dans un futur proche, les difficultés technologiques et humaines sont surmontables. »

* La NASA est l'administration américaine de l'aéronautique et de l'espace.

1 As-tu bien lu ?

- Combien y avait-il de personnes volontaires ? ....
- Combien de temps a duré l'expérience ? ....
- Les volontaires pouvaient-ils rencontrer d'autres personnes ? ....

Français

2 Conjugue à l'imparfait ou au passé simple.

AIDE 8 Page 51

Les volontaires (se préparer) .... depuis longtemps. Arrivés dans le dôme, ils (sortir) .... leur matériel scientifique. Une fois par semaine, ils (pouvoir) .... prendre une douche. Un soir, alors qu'ils (prendre) .... un repos bien mérité, l'alarme incendie (se déclencher) ....

3 Complète le tableau.

AIDE 4 Page 50

Adjectif	Adverbe	Adjectif	Adverbe
tardif, tardive	tardivement	méchant	méchamment
net,		intelligent	
gai,			prudemment

Tu as fini ?

14

BRAVO !
Colle ici ton étoile

Mars

Maths

Le sais-tu ?

Retiens cette phrase pour connaître l'ordre des planètes du système solaire : **me voici toute mignonne, je suis une nébuleuse.** Les premières lettres de chaque mot sont les premières lettres des planètes : **Mercure, Vénus, Terre, Mars, Jupiter, Saturne, Uranus, Neptune.**

4 La lumière du Soleil met 8 minutes, à la vitesse de 300 000 km/s, pour parcourir la distance du Soleil à la Terre.

- **À quelle distance du Soleil se trouve la Terre ?**

....

....

- **Sachant que la lumière du Soleil atteint Vénus en 6 minutes, à quelle distance du Soleil se trouve Vénus ?**

....

....

5 **Complète avec les nombres les plus proches ayant :**

AIDE 14 Page 53

- un zéro pour unité :
Ex. : 7 410 < 7 418 < 7 420 ;
- un zéro pour unité :
..............0 < 21 648 < 0
- un zéro pour unité et dizaine :
..............00 < 124 712 < 00
- un zéro pour centaine :
..........0.......... < 14 602 < ....0..........
- un cinq pour dizaine :
..........5.......... < 9 213 < ....5..........

6 **Complète le tableau suivant.**

AIDE 24 Page 56

	Côté	Périmètre	Aire
Carré 1	6 cm		
Carré 2		48 m	
Carré 3			64 km^2

Sciences

7 **Le système solaire**

Le système solaire est constitué d'une étoile, le Soleil, autour de laquelle tournent 8 planètes. En te servant du document, complète le nom de chaque planète dans la grille.

1. Notre planète.
2. La planète rouge.
3. Elle est entourée d'anneaux géants.
4. C'est la plus grosse des planètes.
5. C'est la plus proche du Soleil.
6. Elle est entre la Terre et Mercure.
7. C'est la plus éloignée du Soleil.
8. Elle est entre Saturne et Neptune.

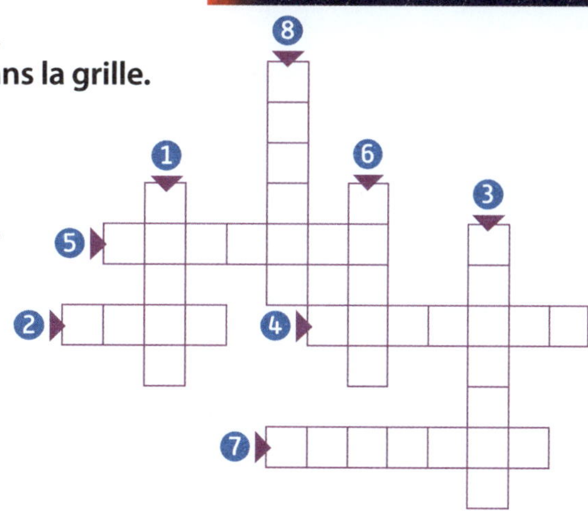

Grands

La bernache nonnette, le saumon, le manchot empereur, le gnou, le criquet, la baleine grise, la cigogne blanche et l'hirondelle ont un point commun : ce sont des animaux migrateurs. Ils sillonnent la planète avec un mystérieux sens de l'orientation, à la recherche, en général, de régions au climat plus chaud. Pour se nourrir ou se reproduire, certains parcourent des milliers de kilomètres : la baleine grise, 15 000 km ; l'hirondelle des cheminées, 9 000 km. Le saumon traverse l'océan Atlantique et remonte des rivières pour pondre. Le manchot empereur marche sur la glace pendant des dizaines de kilomètres. Les canards des pays nordiques se posent dans les zones humides de la France ; mais c'est en Afrique que le coucou gris, le martinet noir et l'hirondelle « passent leurs vacances d'hiver ». La migration répond à des impératifs biologiques : ceux de la survie et de la reproduction.

1 As-tu bien lu ?

- Pourquoi certains animaux migrent-ils ?

....

....

- Cite le nom du mammifère marin :

....

- Cite le nom du mammifère terrestre :

....

Français

2 Réécris ces phrases au singulier.

- Des zones humides sont des espaces de transition entre la terre et l'eau.

Une zone ....

- Les hirondelles sont des oiseaux migrateurs.

L'hirondelle ....

3 Dans ces phrases, souligne les sujets et précise leur classe grammaticale.

AIDE 5 Page 51

Sur l'étang se posent des flamants roses. (Groupe nominal)

- En automne et au printemps, les vols de cigognes sont faciles à observer. ....

- Les oiseaux migrateurs évitent de voler longtemps au-dessus de la Méditerranée, ils empruntent les détroits. .... / ....

15
BRAVO !
Colle ici ton étoile

voyageurs

Maths

4 Une famille consulte le tarif affiché à l'entrée d'une serre tropicale avant d'aller se garer :

AIDE 20 Page 55

TARIF :	– moins de 3 ans :	gratuit
	– de 3 à 11 ans :	9 €
	– à partir de 12 ans et plus :	13,50 €
	– voiture (par véhicule) :	4 €

La famille est composée de quatre adultes, trois enfants de 5, 7 et 9 ans et un bébé. Ils ont trois voitures.

- **Indique le nombre de personnes qui vont payer une entrée :**

....

- **Calcule le montant de la dépense, effectue d'abord les multiplications.**

(.................. × ....) + (.................. × ....) + (.................. × ....) = ...

Montant de la dépense : .... €.

5 **Écris la valeur approchée, à l'unité.**

Ex. : 78,7 → 79
121,3 → 121

47,8 → ....

59,7 → ....

125,42 → ....

610,9 → ....

703,09 → ....

Charade

Mon premier est la première syllabe de hibou.
Mon deuxième est le contraire de carrée.
Mon troisième sert à voler.
Mon tout annonce le printemps.

Réponse : hi – ronde – aile → hirondelle.

Géographie

6 **Observe la carte pour répondre aux questions.**

Le départ de chaque flèche situe l'endroit où les oiseaux passent l'été, la pointe l'endroit où ils passent l'hiver.

- **Quels oiseaux passent l'hiver en France ?**

....

- **Quel oiseau remonte vers la Suède en été ?**

....

- **Pour passer l'été en France et en Russie, quels oiseaux survolent toute l'Afrique ?**

....

- **Ajoute sur la carte la flèche qui indique que le coucou passe l'été en France et l'hiver dans le sud de l'Espagne.**

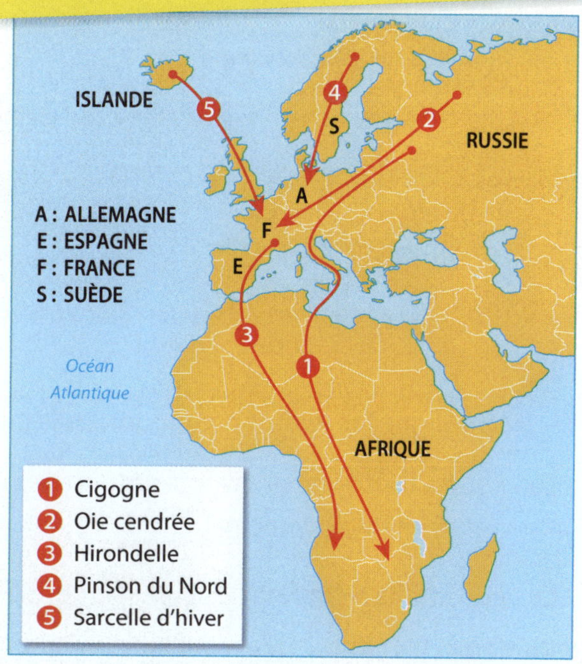

Bon vent !

Il y a longtemps, sous Napoléon III, un bateau de pêche à fond très plat est arrivé dans la baie de Saint-Malo. Il venait du golfe de Gascogne, en face du Pays basque.

Les marins-pêcheurs, de plus en plus nombreux, voulaient arriver au port avant les autres pour vendre leurs coquilles Saint-Jacques et leurs huîtres au meilleur prix. Mais naviguer dans la baie n'était pas facile : les courants y sont très forts.

Alors, les constructeurs de Cancale et de Granville modifièrent le bateau pour le rendre plus rapide et plus puissant ; ainsi vers 1900, la bisquine était née. Elles étaient nombreuses à filer sur les flots. Au mois d'août, les bisquines de Cancale régataient contre celles de Granville. Aujourd'hui, *La Cancalaise* et *La Granvillaise* sont utilisées comme bateaux de plaisance.

Alors, bon vent !

1 As-tu bien lu ?

- Cite le nom de l'empereur : ....
- Cite l'un des coquillages rapportés par les pêcheurs : ....
- Cite le nom d'une des bisquines qui naviguent aujourd'hui : ....

Français

2 Reporte uniquement les mots invariables dans la grille. Tu liras le nom d'un mollusque dans les cases colorées.

AIDE 4 Page 50

1. histoire / hiver / hier
2. oubli / ouïe / ou
3. iceberg / ici / île
4. tour / toujours / touche.
5. trait / trésor / très
6. vitre / vite / vigne

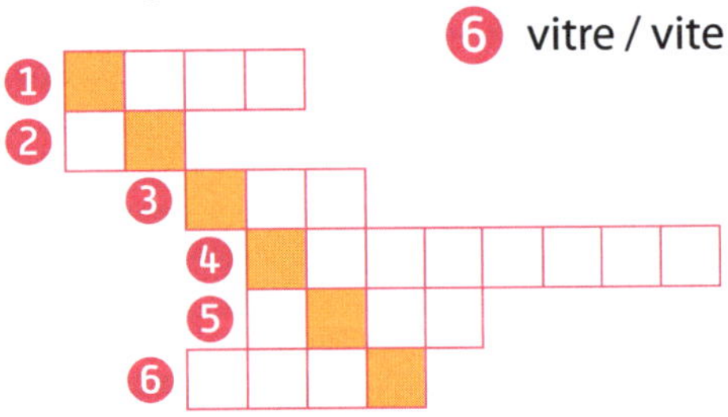

3 Trouve le mot qui convient parmi les homonymes proposés.

AIDE 13 Page 52

- **port** ou **porc :** Les navires quittent le ....
- **vent** ou **van :** Le cheval monte dans le ....
- **maire** ou **mère :** Pour célébrer un mariage, le .... porte une écharpe tricolore.
- **es** ou **est :** Inès .... partie à la pêche.
- **mère** ou **mer :** Ce matin, la .... est très agitée : les vagues recouvrent le quai.

4 Souligne les verbes conjugués, puis indique le temps utilisé.

- La vague a brusquement retourné le surfeur qui a replacé sa planche avec adresse. ....
- Le vent souffla si fort que les parasols s'envolèrent. ....
- Remettez les étoiles, les crevettes et les crabes à la mer. ....

Tu as fini ?

16

BRAVO !
Colle ici ton étoile

Maths

5 Le Tour de France à la voile est une course par étapes.
Amandine embarque pour deux étapes : Dieppe (187 milles) et Granville (56 milles).
Rachid participe à trois étapes : Saint-Cyprien (36 milles), Roses (45 milles) et Port-Barcarès (45 milles).

AIDE 17 Page 54

- **Qui a parcouru le plus de milles ? Écris les opérations.** ....

....

- Rachid a parcouru 233,352 km (1 mille nautique = 1,852 km).

Entoure la valeur approchée, à l'unité près : 230 km – 235 km – 233 km.

6 **Dans chaque nombre, entoure le chiffre :**

AIDE 14 Page 53

- des centaines de mille :

185 200 ; 1 058 000 ; 690 000 821 ;

- des dizaines de mille :

77 777 777 ; 9 099 999 ; 8 888 666.

7 **Relie chaque coque à sa voile.**

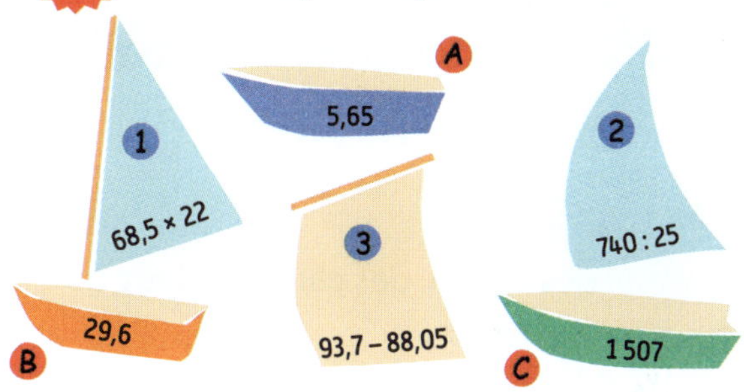

Histoire

8 **Associie chaque lettre au bon chiffre.**

1 .... La pyramide du Louvre à Paris.

2 .... La tour de Londres.

3 .... Le Mont-Saint-Michel, entre la Normandie et la Bretagne.

4 .... Les arènes de Nîmes.

5 .... L'Empire State Building à New York.

6 .... La cathédrale de Reims.

A

B

C

D

E

F

AIDE-MÉMOIRE

Français

AIDE 1 — Le pronom

Le pronom peut être utilisé pour remplacer un nom ou un groupe nominal.

Ex. : **L'enfant a ramassé un bâton.**
→ **Il l'a ramassé.**

Il y a les **pronoms sujets** (*je, tu, il/elle/on, nous, vous, ils/elles*) et les **pronoms de reprise** (*le, la, l', te, toi, eux*, etc.).

Ex. : **Je suis devant la porte, je ne peux pas l'ouvrir.**

AIDE 2 — Le pluriel des noms

- un clou → des clous

Attention ! des bijoux, des cailloux, des poux

- un jeu → des jeux

Attention ! des pneus, des bleus, des landaus

- un cheval → des chevaux

Attention ! des bals, des carnavals, des régals

- un œil → des yeux

AIDE 4 — Les mots invariables

- Un mot invariable s'écrit toujours de la même façon. Il ne s'accorde ni en genre ni en nombre. Les plus fréquents sont : *avant, avec, beaucoup, bientôt, assez…*
- Un adverbe est un mot **invariable** qui **complète** et **modifie le sens** d'un verbe, d'un adjectif ou d'un autre adverbe.

Ex. : **Ma sœur avance prudemment.**
avance : verbe ; prudemment : adverbe

On peut former un adverbe en *-ment* à partir d'**adjectifs au féminin** :

Ex. : **générale → généralement**
courageuse → courageusement

On peut également former un adverbe en *-ment* à partir **d'adjectifs en -ant ou -ent** :

Ex. : **violent → violemment**
pesant → pesamment

AIDE 3 — L'adjectif

L'adjectif, quelle que soit sa fonction, **qualifie** toujours un nom.

Ex. : **J'achèterai cette puissante voiture rouge.**
puissante : adjectif ; voiture : nom ; rouge : adjectif

Il peut **qualifier un nom** ou être **attribut du sujet**. Lorsqu'il est **attribut du sujet**, l'adjectif est séparé du nom qu'il qualifie par un verbe d'état (être, sembler, paraître, devenir…).

Ex. : **Cette voiture est rouge.**
voiture : nom ; est : verbe d'état ; rouge : adjectif attribut du sujet

L'adjectif s'accorde en genre et en nombre avec le nom (ou les noms) qu'il qualifie :

Ex. : **Le camion vert, les voitures vertes.**
Un camion et une voiture verts.
Une voiture et une fourgonnette vertes.

AIDE 5

Identifier les fonctions dans la phrase simple

La phrase minimale comporte deux constituants : un sujet et un groupe verbal.

- Le **sujet** (S) peut être :
  - un nom : **Julie** [mange] ;
  - un pronom : **elle** [mange] ;
  - un groupe nominal : **la jeune fille** [mange].
- Le **groupe verbal** (GV) peut être :
  - un verbe (V) seul : [Julie] **mange** ;
  - un verbe complété par un COD, un COI ou un attribut du sujet :
  [Julie] **mange une pomme**. [La pomme] **est rouge**.
- Dans le GV, le verbe est accompagné de mots **que l'on ne peut ni supprimer ni déplacer** :
  - **les compléments d'objet directs ou indirects** qui donnent une précision sur l'action ;
  Ex. : Elle mange **une pomme**. (COD)
  Elle parle **de ses vacances**. (COI)
  - **les attributs du sujet**, qui donnent un renseignement sur le sujet dont ils sont séparés par un verbe d'état (être, paraître…).
  Ex. : Elle est **affamée**. Julie paraît **attentive**.
- La phrase minimale (S + GV) peut être enrichie de **compléments circonstanciels**, qui sont **des groupes que l'on peut supprimer et déplacer**. Ils précisent quand, comment et où se déroule l'action, ainsi que la cause.
  Ex. : **Dans la cuisine**, Julie mange une pomme.
  ~~Dans la cuisine~~ Julie mange une pomme.
  Julie mange une pomme **dans la cuisine**.
- **Le complément du nom** apporte des précisions sur le **nom noyau**. Il est placé **après le nom** auquel il est lié par une **préposition** (*de*, *à*, *sur*, *en*…).
  Ex. : Le chat **de Sacha**. Une robe **en coton**.

AIDE 6

Le présent de l'indicatif

Verbes du 1er groupe comme *laver*	Verbes du 1er groupe comme *bouger*	Verbes du 2e groupe comme *finir*
Je lave	Je bouge	Je finis
Tu laves	Tu bouges	Tu finis
Il, elle, on lave	Il, elle, on bouge	Il, elle, on finit
Nous lavons	Nous bou**geons**	Nous finissons
Vous lavez	Vous bougez	Vous finissez
Ils, elles lavent	Ils, elles bougent	Ils, elles finissent

AIDE 7

L'imparfait de l'indicatif

Verbes du 1er groupe comme *laver*	Verbes du 1er groupe comme *lancer*	Verbes du 2e groupe comme *finir*
Je lavais	Je lançais	Je finissais
Tu lavais	Tu lançais	Tu finissais
Il, elle, on lavait	Il, elle, on lançait	Il, elle, on finissait
Nous lavions	Nous lancions	Nous finissions
Vous laviez	Vous lanciez	Vous finissiez
Ils, elles lavaient	Ils, elles lançaient	Ils, elles finissaient

AIDE 8

Le passé simple de l'indicatif

Verbes du 1er groupe comme *laver*	Verbes du 1er groupe comme *ranger*	Verbes du 2e groupe comme *finir*
Il, elle, on lava	Il, elle, on ran**gea**	Il, elle, on finit
Ils, elles lavèrent	Ils, elles rangèrent	Ils, elles finirent

AIDE 9 — Le futur de l'indicatif

Verbes du 1er groupe comme *laver*	Verbes du 1er groupe comme *plier*	Verbes du 2e groupe comme *finir*
Je laverai	Je plierai	Je finirai
Tu laveras	Tu plieras	Tu finiras
Il, elle, on lavera	Il, elle, on pliera	Il, elle, on finira
Nous laverons	Nous plierons	Nous finirons
Vous laverez	Vous plierez	Vous finirez
Ils, elles laveront	Ils, elles plieront	Ils, elles finiront

AIDE 10 — Le passé composé de l'indicatif et le plus-que-parfait

Au passé composé, les verbes se conjuguent avec l'**auxiliaire avoir** ou **être** au présent.

Verbes du 1er groupe comme *ranger*	Verbes du 2e groupe comme *finir*	Verbe *arriver*
J'**ai** rangé	J'**ai** fini	Je **suis** arrivé/ée
Tu **as** rangé	Tu **as** fini	Tu **es** arrivé/ée
Il, elle, on **a** rangé	Il, elle, on **a** fini	Il, elle, on **est** arrivé/ée
Nous **avons** rangé	Nous **avons** fini	Nous **sommes** arrivés/ées
Vous **avez** rangé	Vous **avez** fini	Vous **êtes** arrivés/ées
Ils, elles **ont** rangé	Ils, elles **ont** fini	Ils, elles **sont** arrivés/ées

Au plus-que-parfait, l'auxiliaire **avoir** ou **être** est à l'imparfait.

AIDE 11 — Infinitif ou participe passé ?

Lorsque tu hésites entre l'infinitif en **-er** et le participe passé en **-é** ou **-és**, **-ée**, **-ées**, remplace le verbe par le verbe *mordre* par exemple. Si tu peux dire « mordre », le verbe est à l'infinitif. Si tu peux dire « mordu », le verbe est au participe passé.

Ex. : Il va chanter (mordre).
Il a chanté (mordu).

AIDE 12 — Les familles de mots

Une **famille de mots** est constituée d'un ensemble de mots construits à partir d'un **mot de base**.

À partir de la base (ou **radical**), on peut constituer des **mots dérivés** en ajoutant un préfixe, un suffixe ou un préfixe et un suffixe.

Ex. : recouvrir / découvrir (préfixe)
froideur / froidement (suffixe)
ensoleillement (préfixe + suffixe)

AIDE 13 — Les homonymes

Des mots sont **homonymes** lorsqu'ils se prononcent de la même façon. Seule la connaissance de la langue ou le contexte permettent de les différencier.

Ex. : Il est fatigué / Il a beaucoup marché et couru.
Mes parents sont venus à l'école / Je voulais dormir mais je n'avais pas sommeil.

Maths

AIDE 14 — Lecture et écriture des nombres entiers et des nombres décimaux

Partie entière														Partie décimale		
classes														dixièmes	centièmes	millièmes
		milliards			millions			mille			unités simples					
	m	c	d	u	c	d	u	c	d	u	c	d	u			
	2	9	8	3	6	5	9	0	0	0	0	0	0			
												2	7,	6	8	7

2 983 659 000 000 → deux-mille-neuf-cent-quatre-vingt-trois-milliards-six-cent-cinquante-neuf-millions

27,687 → vingt-sept-et-six-cent-quatre-vingt-sept-millièmes

AIDE 15 — Fractions

La bande verte est partagée en cinq parties superposables.

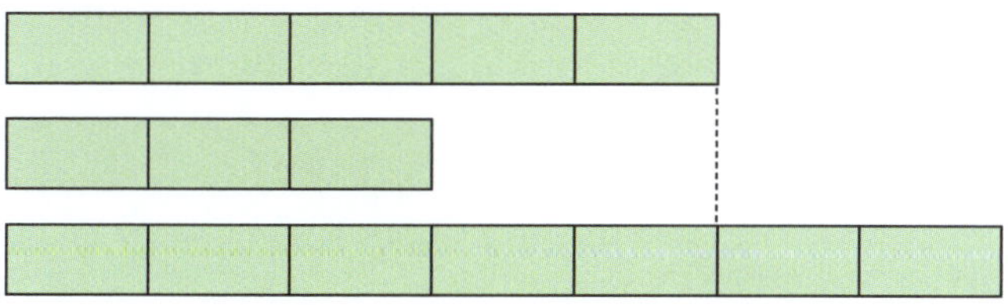

Cette bande est l'unité. → 1

trois cinquièmes de l'unité → $\frac{3}{5}$

sept cinquièmes de l'unité → $\frac{7}{5}$

$\frac{5}{5} = 1$ $\frac{3}{5} < 1$ $\frac{7}{5} > 1$ $\frac{3}{5} < \frac{7}{5}$

3 ← numérateur
5 ← dénominateur

$\frac{1}{5} = 1 : 5 = 0{,}2$ $\frac{3}{5} = 3 : 5 = 0{,}6$ $\frac{7}{5} = 7 : 5 = 1{,}4$ $\frac{38}{5} = 38 : 5 = 7{,}6$

trois quarts $\frac{3}{4} = 0{,}75$ 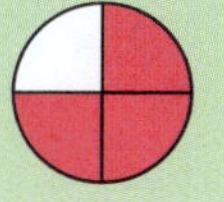

un demi $\frac{1}{2} = 0{,}5$ 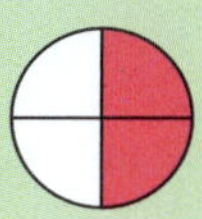

un tiers $\frac{1}{3} = 0{,}333...$ 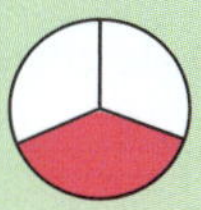

un quart $\frac{1}{4} = 0{,}25$ 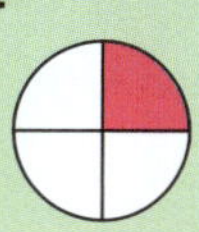

$\frac{3}{4} > \frac{1}{2} > \frac{1}{3} > \frac{1}{4}$

Prendre les $\frac{3}{4}$ d'un nombre, c'est multiplier ce nombre par $\frac{3}{4}$ → $12 \times \frac{3}{4} = \frac{12 \times 3}{4} = \frac{36}{4} = 9$

AIDE 16 — Écrire un nombre sous forme d'une fraction et inversement

Un nombre entier ou décimal peut toujours être écrit sous la forme d'une fraction ayant pour dénominateur 10, 100, 1 000, etc.

Partie entière					Partie décimale			Fractions correspondantes
m	c	d	u	,	*d*	*c*	*m*	
			5	,	1	0	0	→ $\frac{51}{10}$ ou $\frac{510}{100}$ ou $\frac{5\,100}{1\,000}$
			0	,	0	6	0	→ $\frac{6}{100}$ ou $\frac{60}{1\,000}$

Pour transformer une fraction en nombre entier ou décimal, on divise le numérateur par le dénominateur : $\frac{3}{100} = 3 : 100 = 0{,}03$; $\frac{3}{2} = 3 : 2 = 1{,}5$.

AIDE 17 — Addition et soustraction de nombres entiers et décimaux

• Somme

0,048 + 1 700,9 + 3 050 + 683,07

```
      0,048
+ 1 700,900
+ 3 050,000
+   683,070
-----------
  5 434,018
```

On aligne les unités les unes au-dessous des autres.

• Différence

41 246,75 – 3 412

```
  41 246,75
–  3 412,00
-----------
  37 834,75
```

18 734 – 2 719,54

```
  18 734,00
–  2 719,54
-----------
  16 014,46
```

N'oublie pas de souligner les unités pour bien les placer ensuite les unes sous les autres. **La virgule** est placée au cours de l'opération, lors du passage de la partie décimale à la partie entière.

AIDE 18 — Division des nombres entiers

• Division entière

```
dividende → 374 | 16  ← diviseur
           – 32 | 23  ← quotient
             54 |
           – 48 |
   reste →    6 |
```

Le reste est **toujours inférieur** au diviseur.

• Division exacte (reste = 0) et quotient décimal

```
  636,0 | 24        25,00 | 4
 – 48   | 26,5     – 24   | 6,25
   156  |             10  |
 – 144  |            – 8  |
   120  |             20  |
 – 120  |           – 20  |
   000  |             00  |
```

• Division par 10, 100…

On déplace la virgule sur la gauche autant de fois qu'il y a de zéros dans le diviseur : 10, 100 ou 1 000.

2 520 : 10 = 2 520,0 : 10 = 252,00 = 252

2 520 : 100 = 2 520,0 : 100 = 25,20 = 25,2

2 520 : 1 000 = 2 520,0 : 1 000 = 2,520 = 2,52

AIDE 19

Multiplication

- **Nombres entiers**

32 × 10 = 320
32 × 100 = 3 200
32 × 1 000 = 32 000
32 × 10 000 = 320 000

683	← multiplicande →	364
× 74	← multiplicateur →	× 207
2732	→ produits partiels ←	2548
4781.		728 . .
50542	← produit →	75348

Le point rouge correspond à la multiplication par 0.

- **Nombres décimaux**

Quand on multiplie un nombre décimal par 10, 100 ou 1 000, on déplace la virgule vers la droite autant de fois qu'il y a de zéros dans le multiplicateur.

6,34 × 10 = 63,4

6,34 × 100 = 634

6,34 × 1 000 = 6 340

AIDE 20

Parenthèses

(8 + 4) × 3 = ?

On effectue d'abord l'opération entre parenthèses :

8 + 4 = 12

Puis on effectue l'opération suivante :

12 × 3 = 36

AIDE 21

Longueurs

km	hm	dam	m	dm	cm	mm
2	7	4	3	0	5	0

Écriture en m : 2 743,05 m.

Lecture : deux-mille-sept-cent-quarante-trois mètres et cinq centimètres (ou cinquante millimètres).

AIDE 22

Masses

t	q	•	kg	hg	dag	g	dg	cg	mg
3	2	6	1	0	5	0			

Écriture en kg : 3 261,050 kg.

Lecture : trois-mille-deux-cent-soixante-et-un kilogrammes et cinquante grammes.

Ex. : 1 t (tonne) = 1 000 kg
1 q (quintal) = 100 kg
500 kg = 5 q = 0,5 t = 500 000 g

AIDE 23

Contenances

hL	daL	L	dL	cL	mL
1	2	5	0	0	0

Écriture en hL : 1,25 hL.

Lecture : un hectolitre et vingt-cinq litres.

Ex. : 1 hL = 100 L
10 L = 0,10 hL
1 L = 0,01 hL = 100 cL
8 250 L = 82,50 hL = 825 daL

AIDE 24 — Périmètre et aire

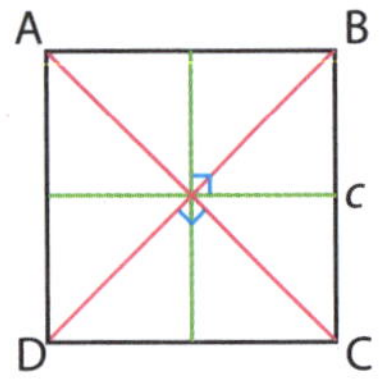

Le périmètre d'un carré (c = côté) : $c \times 4$.
L'aire (ou surface) d'un carré : $c \times c = c^2$.

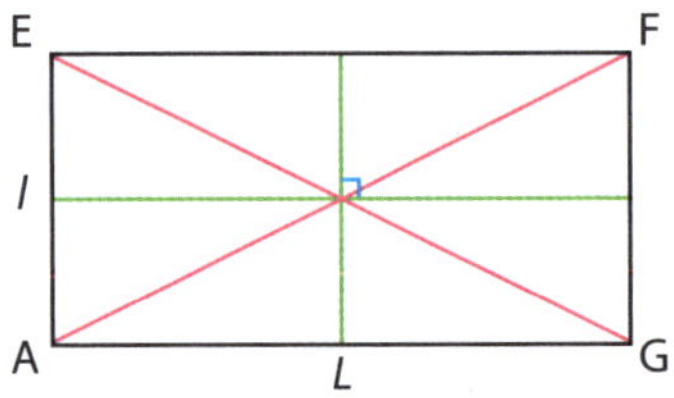

Le périmètre d'un rectangle (l = largeur ; L = longueur) : $(L + l) \times 2$.
L'aire (ou surface) d'un rectangle : $L \times l$.

Tableau de conversion des unités d'aire

km^2	hm^2	dam^2	m^2	dm^2	cm^2	mm^2
	7	51	23	06		5

Écriture en dam^2 : 751,2306 dam^2.

Lecture : sept-cent-cinquante-et-un décamètres carrés et deux-mille-trois-cent-six décimètres carrés.

AIDE 25 — Proportionnalité

Sachant que j'ai dépensé 48 € pour 4 m de tissu, combien coûteraient 12 m, 7 m, 36 m de ce même tissu achetés chez le même commerçant ?

48 : 4 = 12

12 € est le prix de 1 m de tissu.

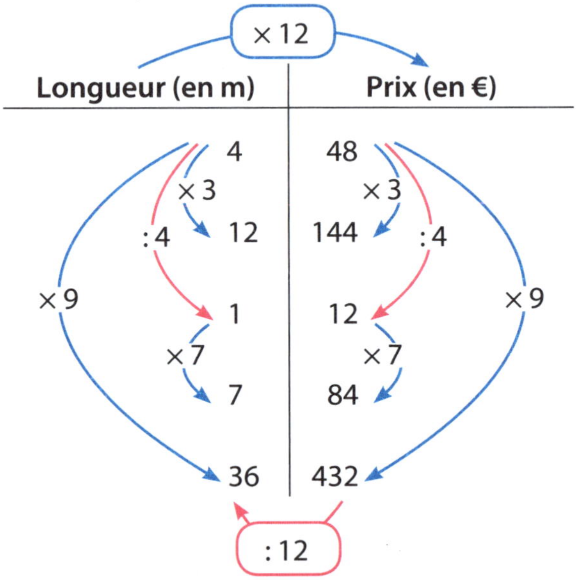

AIDE 26 — Symétrie par rapport à un axe

Comment construire la figure *A'B'C'* symétrique de la figure *ABC* par rapport à l'axe rouge ?

1. En t'appuyant sur l'axe rouge, construis les perpendiculaires à cet axe passant par les points A, B, C.
2. Prolonge les perpendiculaires à l'axe de symétrie.
3. À l'aide de ton compas, reporte les mesures, puis joins les points obtenus.

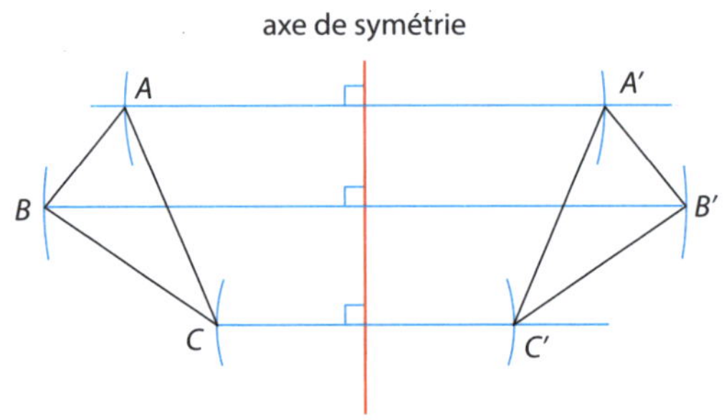

Achevé d'imprimer en Mars 2022 en Italie par Elcograf Dépôt légal : Mai 2021 – Édition 02 18/7162/2